KB048180

바람 냄새가 밴 사람들

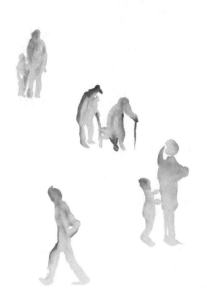

전영웅 에세이

바람 냄새가 밴 사람들

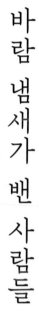

제주의 동네 의사가 들려주는
아픔 너머의 이야기

제 진료실에서는 멀리 바다가 보입니다. 중산간 동네라 조금 멀고 건물에 수평선 일부가 가려져서 살짝 아쉽지만, 수시로 변하는 바다의 표정을 읽는 데는 문제없을 만큼 제주 바다가 눈에 들어옵니다. 내시경실에서는 한라산도 보이죠. 이전에 근무하던 병원 진료실에서는 바다 위 범섬이 보였는데요. 아무래도 제가 제주에 온 뒤로 알게 모르게 제주의 아름다움을 시야에 두려고 했던 것 같습니다. 제게 제주는 그만큼 자꾸만 들여다보고 싶은 아름다운 섬입니다.

이토록 매력적인 섬에 사람들이 살고 있습니다. 사람들은 일상을 살아가다 아프거나 의학적 상담이 필요하면 제 진료실에 들릅니다. 그리고 저마다의 아픔과 불편을 이야기합니다. 진료실이라는 특수한 공간이라 그런 건지 모르겠습니다만, 환자들의 이야기를 듣고 있으면 사람 사는 모습은 어디나 비슷하다는 생각을 하게 됩니다. 이 매력적인 섬도 사람 사는 모습은 그다지 특별하지 않음을 깨닫게 되는 것이죠.

눈물을 머금을 정도의 고통을 호소하는 환자는 머리와 어깨에 수많은 이야기를 얹고 있습니다. 사실 의사로서의 실질적인 역할만 생각하면 통증의 의학적 원인을 밝혀 적절한 치료만 하면 될 일입니다. 그런데 저는 자꾸만 의학적인 원인에서 더 나아가 수많은 고통이 우리 사회에 기인하고 있다는 생각이 듭니다. 그러다 보니 환자에게 건네는 질문이 많아지고 다양해집니다. 쓸데없는 참견일 수도 있겠지요. 실제로 왜 이런 질문을 하고 있나 하는 눈빛으로 저를 바라보는 환자들도 있습니다.

유전적 요인 같은 특별한 원인이 아니라면 '원래부터 아픈 사람'은 없습니다. 아픔은 후천적입니다. 그렇다면 아픔을 일으키는 원인을 외부에서 찾을 수 있을 텐데요. 저는 이 책을 통해 그런 원인의 하나로 우리 사회의 구조를 지목하려 합니다.

우리 모두 구조 안에서 움직입니다. 노동하고 활동하며 살아가죠. 그리고 규칙적인 일상을 살아가는 사람들은 반복되는 노동 때문에 특정한 아픔을 겪을 수밖에 없습니다. 예를 들어 귤 농사를 짓는 농부는 어깨와 팔이 아프거나, 농약 때문에 피부에 병이 생깁니다. 아이를 키우는 엄마는 수시로 아이를 안아 주어야 하기 때문에 손목과 어깨, 허리 등이 안 좋아지죠. 하루의 반 이상을 주방에서 일하는 사람은 기침이 멈추지 않고 손과 팔이 아플 수밖에 없습니다. 노동은 우리의 삶을 풍요롭고 보람되게 합니다. 그런데 우리 사회가 아픔을 안을 때까지 혹은 아파도 노동해야 하는 구조라면 그 문제에 대해 생각해 볼 필요가 있지 않을까요. 제 앞에 앉았던 수많은 환자가 이고 온 이야기가 바로 이런 '구조'에 대한 이야기였습니다.

이 섬이 매력적인 만큼 사람들도 밝고 행복할 것이란 순진한 상상을 한 것은 아닙니다. 단지, 환경이 사람 사는 모습에 영향을 줄 수 있음에도 생각처럼 그리 다르지 않다는 사실이 어떤 의문을 자아냅니다. 우리 사회의 구조가 저마다의 환경을 뛰어넘어 인간의 삶을 규정하는 것은 아닐까. 그래서 동네 의원의 진료실에서 만들어지는 고민들이 종합병원에서 근무하던 시절 간간이 했던 고민들과 큰 차이가 없는 것인지도 모르겠습니다.

우연한 기회로 제주에 입도했다가 제주가 좋아져서 그대로 눌러앉은 지 13년을 넘기고 있습니다. 눌러앉긴 했지만 제주가 마냥 좋기만 한 섬은 아님을 깨닫고 있고, 제주는 저에게 다양한 고민을 자아내는 평범하면서도 특별한 공간이 되고 있죠. 그런 제주에서 만난 환자분들을 비롯하여 그간 진료 현장에서 마주한 분들이 들려준 이야기를 모아서 풀어 보았습니다. 우리 사회를, 삶을 규정하고 아픔을 만들어 내는 구조의 모습을 제 눈에 비친 그대로 드러내 보았습니다. 독자분들에게 이 이야기가 우리 주변을 돌아보게 만드는 계기가 된다면 더 바랄 것이 없을 것 같네요.

차례

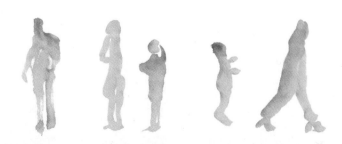

2023년, 맞고 사는 여성들

40대 후반 정도로 보이는 남자가 조금 머뭇거리며 진료
실 문을 열고 들어섰다. '어? 차트상 다음 환자는 여자인
데?' 생각하면서 바라보았더니 뒤이어 환자로 보이는 여자
가 따라 들어섰다. 여자는 모자를 꾹 눌러쓴 것으로 모자
라 고개까지 푹 숙이고 있었다. 얼굴을 보이기 싫어하면서
남자에게 마지못해 끌려오는 모습이었다. 남자는 여자의
손을 꼭 잡고 있다가 부드러운 목소리로 "앉아." 하며 여
자에게 환자용 의자를 끌어 주었다. 여자는 고개를 푹 숙
인 채 조용히 의자에 앉았다. 남자의 표정에는 안쓰러움

과 안타까움이 가득했다.

"저, 아내가 집에서 일하다가 다쳤어요."

남자가 말했다. 그 얘기를 듣고 여전히 고개를 푹 숙이고 있는 여자를 다시 보니 왼쪽 턱이 퍼렇게 멍들어 부어 있었다.

"고개 좀 들어 보시겠어요?"

내가 부탁하자 여자가 마지못해 고개를 들었다. 얼굴은 처참했다. 턱뿐만 아니라 입술도 한쪽이 터져 있었고, 오른쪽 눈언저리도 퍼렇게 부어올라 눈이 잘 떠지지 않는 상태였다.

"아니, 어디서 무슨 일을 하셨길래 얼굴을 이렇게 다쳤어요?"

내가 놀라서 물었다.

"귤밭에서 일하다가 경사진 언덕에서 굴렀어요. 그러니까 검사 좀 잘해 주시고 치료도 좀 꼼꼼히 해 주십시오."

남자가 간절한 목소리로 사정했다. 그러나 나는 이해가 되지 않았다. '귤밭에서 굴러서 얼굴이 이렇게 됐다고?' 아무리 험한 비탈이라도 얼굴이 이렇게 되기는 힘들 것 같다는 생각을 하던 차에 여자가 아주 작은 목소리로 혼잣말하듯 말했다.

"맞았어요."

"네?"

잘 들리지 않아 되물었다.

"맞았다고요."

그러자 여자가 조금 크고 약간 신경질적인 목소리로 다시 말했다. 그 순간 남자의 표정이 민망함으로 살짝 일그러졌다.

'아!' 나는 탄식을 속으로 삼켰다. 진료실 안에 순간 정적이 깔렸다. 나는 잠시 시선을 반대로 옮겨 심호흡을 한 뒤 다시 여자에게 고개를 돌렸다.

"모자 좀 벗어 보셔요."

여자는 느릿한 동작으로 모자를 벗었다. 그러자 시퍼런 멍들이 더욱 선명하게 드러났다. 헝클어진 머리 그리고 무언가에 긁힌 상처가 우울과 절망이 가득 담긴 표정과 어우러져 처참함이 배가됐다. 그 처참한 모습에 나의 표정도 일그러졌다. 깊은 한숨부터 나왔다.

"맞은 부위 사진은 찍어 두셨어요?"

내가 묻자 남편이 서둘러 대답했다.

"네, 제가 다 찍어 뒀어요. 잘 좀 치료해 주셔요. 부탁합니다."

"아니, 피해자가 찍어 둬야지 가해자가 찍어 두면 뭐 합니까! 내가 때렸다고 자랑하려고요? 이거 가정폭력이란 사실은 알고 있습니까? 범죄라고요! 아내분, 경찰에 신고는 했어요?"

순간 흥분해 말을 쏟아 내고 말았다. 여자는 여전히 말없이 가만히 앉아만 있었고, 남자는 내가 쏘아붙이자 순간 표정이 어둡게 굳어졌다. 그리고 나를 잠시 응시하더니 앉아 있던 아내의 손을 잡고 끌었다.

"일어나, 가자!"

여자는 그대로 남편에게 끌려 진료실 밖으로 나갔다.

얼마간 진료를 할 수 없었다. 사람을 어떻게 저렇게 때릴 수 있을까 하는 작은 분노와, 반항도 제대로 못 하고 힘없이 맞고만 있었을 여자의 절망 같은 감정이 교차하면서 무기력이 번졌다. 이대로 이렇게 가만히 있는 것도 방관일 수 있겠다는 생각이 점점 커져서, 진료에 공백이 생길 즈음에 여기저기 수소문하다가 결국 여성긴급전화 1366에 전화를 걸어 상황을 설명했다.

경찰이 병원에 방문한 것은 해가 진 저녁이었다. 나는 경찰에게 자초지종을 설명하고 환자의 신원을 제공했다. 그런데 경찰의 표정에 약간의 심드렁함이 묻어 있었다. 꼭

'이런 일이 너무 많아서요.'라고 말하는 것만 같았다.

짐작은 하고 있었다. 맞고 사는 아내들이 이 섬에도 무척 많다는 사실을. 그런데 그것이 도움을 요청하거나 신고해야 하는 범죄라는 인식은 그리 많지 않다. 실제로, 같이 살다 보면 벌어질 수 있는 일이라고 여기며 자신의 팔자려니 하는 여성들이 대다수였다. 신고를 해도 가해자가 처벌받거나 적절한 조처가 이루어지는 일은 거의 없었다. "한번 가 보겠습니다."라는 말을 남기고 간 경찰에게서는 별다른 이야기가 돌아오지 않았다.

그런데 며칠이 지나 그 환자가 다시 진료실로 들어섰다. 이번에는 모자를 쓰지 않은 채였고, 얼굴의 멍과 상처는 많이 나아진 상태였다. 이번에도 혼자는 아니었다. 다만 이번에 함께 온 사람은 남편이 아닌 여성쉼터 직원이었다. 며칠 전까지만 해도 고개를 푹 숙이고 있던 환자가 마치 할 말이 많다는 듯 턱을 조금 들고 있었고, 우울한 표정은 사라지고 자신을 제발 봐 달라고 호소하는 듯한 모습으로 바뀌어 있었다.

남편 없이 쉼터에서 쉬며 안정을 찾았는지, 말문이 터진 여자가 쏟아 낸 이야기는 조금 충격적이었다. 그녀는 남편에게 상습적으로 구타를 당해 왔다. 함께 병원에 찾아왔던 날 전후로 며칠간은 정도가 특히 심했다. 머리가 터질 정도로 구타를 당했고 깊은 산속에 있는 귤밭의 컨테이너로 끌려가 감금된 뒤 성적 학대까지 당했다. 발가벗겨진 채로, 컨테이너에서 나오면 불을 질러 버리겠다는 협박도 받았다. 그렇게 폭행해 놓고 남편도 스스로 정도가 심했다고 느꼈는지 그날 병원을 찾은 것이다. 그녀는 그 뒤 다시 감금되듯 며칠을 집에 머무르다가 간신히 몰래 빠져나와 여성쉼터로 피신했다고 했다.

그간의 억울함을 지금 여기에서 다 쏟아 내겠다는 듯 그녀는 쉬지 않고 말을 이었다. 들을수록 참담한 기분이 들었고, 위로를 해 주고 싶은데 대기 중인 환자가 계속 늘었다. 필요한 검사를 진행하고 진단서를 열심히 써 주는 것이 그 상황에서 내가 할 수 있는 최선이라는 사실에 많이 아쉬웠다. 나는 그녀에게, 어찌 되었든 가정폭력도 범죄니까 쉽게 용서하지 말라는 말을 건네고 진료를 마쳤다.

시대는 발전해서 남녀평등이나 여성의 인권에 대한 관심이 높아지고 논의도 많아졌다. 하지만 실제 진료 현장에서 보는 풍경은 그러한 사실을 실감하지 못하게 만든다. 가부장적 문화에 익숙해진 많은 여성들이 여전히 그것을 당연한 일 혹은 어쩔 수 없는 운명 같은 것이라 여기며 살아가고 있다. 특히 중년 이상의 여성들이 더욱 그러한 모습을 보인다. 명절 전후로 진료실에 방문하는 여성 환자들은 종종 명절 스트레스를 호소했는데, 그럴 때면 나는 농담하듯 이렇게 말하곤 했다.

"세상도 변했는데 그냥 가족들한테 알아서 하라고 하고 여행이나 휙 떠나세요!"

그러면 그들은 웃으며 이렇게 말했다.

"아유, 그래도 어떻게 그래요. 명절인데 그냥 참고 일해야지."

가정폭력도 가부장적 문화에서 기인하는 경우가 많다. 아내는 내조를 잘해야 한다든가 비위를 잘 맞춰야 한다든가 하는, 생각해 보면 어처구니없는 이야기지만 이 사회가 주입한 의식으로부터 자유롭지 못한 사람들이 아직도 많다. 그래서 "매 맞을 일을 했겠지." "남편 기분 좀 잘 맞춰 봐." "그래도 남편밖에 없어. 참고 살아." 같은 말들을 여성들의 입을 통해 듣기도 한다.

여성가족부의 「2019년 가정폭력실태조사 연구」에 따르면, 2019년 한 해 동안 배우자에 의한 폭력 피해가 발생한 가구는 전체 가구의 약 27.5퍼센트나 된다. 또한 한국가정법률상담소에서 가정폭력 행위자를 대상으로 실시한

조사 「한국가정법률상담소 2020년 가정폭력행위자 상담 통계」에서는, '남편에 의한 아내 폭력'이 전체 가정폭력의 66.4퍼센트를 차지했다. 가정폭력 가해자의 대부분이 배우자인 남편이었다는 것이다.

정의당 이은주 의원이 2021년 국회 국정감사 당시 제출한 자료에 의하면, 2016년부터 2020년까지 5년간 가정폭력으로 검거된 사람은 25만 4254명이다. 이 중 86퍼센트가 남성이고, 40대가 30퍼센트로 가장 많다. 그런데 놀라운 것은 이 중 구속된 인원은 2062명으로 0.8퍼센트에 불과하다는 사실이다. 폭력을 휘두르고 상해를 입히고 강간을 해도 구속되지 않는 까닭은 '가족'이기 때문일까. 게다가 같은 기간 가정폭력 신고 건수는 125만 건이 넘는데, 검거 건수는 22만 건이 조금 넘을 뿐이다. 경찰이 출동을 해 놓고 "아무 일 없다." "그저 부부 싸움을 했다."라는 가해자의 말을 받아들이거나, 처벌을 원하지 않는다는 피해자의 말에 별다른 조치 없이 돌아가는 일이 많기 때문이다.

그런데 이를 경찰의 소극적 대처로만 바라볼 일은 아니다. 구속률을 보면 알 수 있듯, 가정에서 일어나는 폭력에 법적 구속력이 강력하지 않다 보니 경찰에게도 한계가 있을 것이라 생각된다. 그리고 처벌을 원하지 않는 피해자의 입장 역시 고려하지 않을 수 없다. 가정폭력으로 결별하고 나면 피해자였던 여성은 경제적 약자의 처지로 내몰린다. 내조와 집안일을 하던 여성이 폭력을 견디지 못해 집을 나왔을 때 그녀가 가장 먼저 맞닥뜨릴 어려움은 경제적 고난일 수밖에 없다.

일흔을 바라보는 할머니의 차트 메모난에 '우울증'이라는 단어가 적혀 있었다. 진료실에 들어와 앉은 할머니의 표정은 내가 예상할 수 있는 무언가에 찌들어 있었고, 방금 밭일을 마치고 들른 탓에 옷에 먼지가 잔뜩 들러붙어 있었다. 우울증이라는 단어에 시선이 자꾸 갔는데, 잘 관리하고 치료받고 있는지는 알 수 없었다. 우리 병원에서는 그저 관절과 허리의 통증을 완화해 주는 약과 혈압약을 처방받고 있을 뿐이었기 때문이다.

"할머니, 허리가 그렇게 많이 아프시면 약만 드시지 말고 물리치료를 좀 받고 가시는 게 어때요?"

내가 권유했다. 그러자 할머니가 대답했다.

"밭일하느라 물리치료 받을 시간도 없어요. 약이나 먹으면서 버텨야지."

"아니, 방금 밭일 마치고 오신 거 아니에요? 한 시간도 여유가 없으세요?"

"시간 없어요. 얼른 가서 밥해야지. 할아방이 기다려요. 제때 밥 안 주면 성화여."

마음이 조금 불편해져서 다시 물었다.

"참, 밥 조금 늦으면 어때서요. 아픈 허리가 우선이지……."

"제때 밥 안 주면 때려요. 일흔 넘긴 할아방이 힘은 어찌나 좋은지 맞으면 아파. 안 맞으려면 지금 가야 해."

할머니는 결국 약만 처방받고 병원 문을 나섰다. 생각이 많아져서 가만히 앉아 창밖 풍경을 내다보고 있었는데, 창 너머로 할머니가 약국에서 나와 횡단보도를 건너려 하는 모습이 보였다. 두껍고 칙칙한 외투가 감싸고 있는 몸은 가녀렸고, 밭일을 오래 한 할망 특유의 어기적거림이 몸에 배어 있었다. 멀어지는 그 뒷모습을 보면서, 나는 평생을 그렇게 맞고 살았을 할머니의 마음을 생각해 보았다. 남편에게 맞지 않기 위해 서둘러 저녁밥을 지으려는 마음. 할머니에게 각인되어 있는 것은 무엇일까. 마음으로도 머리로도 이해하기 쉽지 않았다.

길 잃은 페미니즘

폭행을 당한 여성이 찾아오는 일은 반복되었다. 주먹으로 심하게 맞거나 머리채를 잡혀 고통을 호소하는 일이 예사였고, 언제나 절망감과 우울로 진료실의 공기가 무거웠다. 내가 진료실에서 목격한 가정폭력의 대다수가 여성에게 가해진, 약자에 대한 강자의 일방적 폭행이었다. 그리고 폭행당한 여성들을 감싸고 보호하는 쉼터 사람들 역시 거의 여성이라는 점을 생각하면, 결코 가정폭력이 페미니즘과 무관하다 할 수 없을 것이다.

세상은 급속도로 발전했다. 선거 때면 여성 인권과 환경의 가치를 중시하는 후보가 나오고, 페미니즘을 표방하는 책과 강연이 쏟아지고 있다. 그럼에도 나는 의문을 가지지 않을 수 없다. 진료실에서 여성에 대한 폭력을 꾸준히 목격하고 있기 때문이다. 이러한 진료실 안과 밖의 불편한 차이는 어디에서 비롯된 것일까.

꼭 폭행 사건만으로 현실의 페미니즘에 의문을 제기하는 것은 아니다. 남녀 차별적 인식은 우리 주변에 너무도 많이 존재한다. 한번은 이런 일이 있었다. 아내와 함께 식당에서 갈비탕을 먹을 때였다. 옆에 따로 둔 그릇에 뼈가 쌓여서 아내에게 "이거 우리 강아지 가져다주면 좋겠다."라고 했더니 아내도 선뜻 동의했다. 그래서 일하시는 아주머니에게 뼈를 담을 봉지를 달라고 부탁했다. 그러자 아주머니가 검은색 비닐봉지를 가져오더니 입구를 벌려 뼈 그릇을 감쌌다. 그러곤 나를 바라보면서 "우리 개들은 잘 안 먹던데……."라고 말하며 웃어 보였다. 이상한 것은 그 다음이었다. 봉지로 감싼 뼈 그릇을 아내 쪽에 두고 가는 것이 아닌가. 먹다 남은 뼈를 처리하는 일은 당연히 여자가 하는 일이라는 듯한 태도였다. 아내는 식사를 하다 말고 자연스럽게 그 그릇을 이어 받아 비닐봉지에 뼈를 담았다. 요청한 것은 내 쪽이었는데 별안간 아내가 그 일을 맑게 된 것이다. 나는 뜨던 수저를 잠시 멈추고 그 모습을 묵묵히 바라보았다.

　페미니즘은 오늘날 우리 사회의 화두 중 하나이다. 성평등을 위해 발 벗고 노력하는 이들도 분명 있겠지만, 아직 그 인식이 여성들에게조차 제대로 가닿지 못하고 있는 것 같다. 현재의 페미니즘은 부당한 권력에 대한 저항인가 아니면 권력 그 자체인가 하는 의문을 종종 가진다. 2020년 한 여대에 트랜스젠더 학생이 입학하려 했던 일이 있었다. 당시 학생들의 심한 반발에 부딪혀 결국 그 학생은 입학을 포기했다. 당시 나는 적잖이 당황했다. 생물학적 여성이라는 절대적 기준을 내세워 젠더의 다양성을 무시하고, 하나의 권력이 되어 공개적으로 소수자를 억압했다. 다름 아닌 페미니즘을 표방하는 여성들이 말이다. 페미니즘에 대한 불편한 의문이 어디에서 기인하는지 조금은 알 수 있게 해 준 사건이었다.

　부조리함을 깨닫게 해 준 결정적 사건은, 유명 페미니스트 여성 정치인이 반페미니즘적 정치 공약을 내세운 대선 후보의 선거 캠프에 합류한 사건이었다. 물론 이 일을 두고 '페미니즘의 배신'이라 비판할 것은 아니다. 그래도 이 사건은 환경, 노동, 경제 등 다양한 분야에서 진보적이고 발전적인 주장을 내세우는 사람들이 자신의 주장을 도구로 이용할 뿐일 수도 있다는 사실을 증명해 주었다. 그 정치인이 노련했던 것인지 아니면 그를 둘러싼 세력이 순진했던 것인지 알 수는 없다. 다만, 이 사건을 통해 나는 내가 갖고 있던 의문에 대한 어떤 단호한 대답을 들은 기분이었다.

가치와 방향에 대한 충분한 고민은 있었을까. 결국 오늘날 우리 사회의 페미니즘은 한쪽에서 어느 집단을 위한 하나의 주장, 권력이 되어 버렸다. 남편에게 맞고 사는 여성들이 이렇게나 많은데도 '그들'은 이러한 문제에 큰 관심을 보이지 않는다. 폭행을 가한 이와 당한 이 모두 페미니즘의 가치를 들어 보거나 이해한 적이 없다.

당연하다는 듯 갈비뼈 포장을 아내에게 맡기고 다시 주방으로 돌아가는 여성의 뒷모습에서도 페미니즘은 발견할 수 없었다. 페미니즘이 파고들 수 없는 견고한 벽이라도 있는 것일까. 마치 페미니즘이 우리의 일상에 단 한 번도 제대로 발을 들여놓은 적 없는 듯한 느낌도 받았다.

50대 중반의 여성 환자는 나를 보자마자 눈물을 글썽이기 시작했다. 오래전부터 집안 사정을 나에게 털어놓던 환자였다. 일찍이 바람이 나서 내외하던 남편이 귤밭을 다른 업자들에게 넘기기로 했는데, 계약을 너무 싸게 해서 답답해 죽을 지경이라고 한 게 얼마 전이었다. 그런 답답함을 마음에 안고 살려니 불면증에 우울증에, 여기저기 아프지 않은 곳이 없다고 토로했었다. 남편을 내보내려 해도, 자신이 나가서 살려 해도 현실적으로 마땅한 방법이 없다면서 말이다. 그 답답함과 몸의 통증이 어느 정도 연결되어 있는 듯하여 나는 간단한 처방을 해 준 뒤 정신과 진료를 적극적으로 권유했다. 그러나 통증을 참기 힘들었는지 당시 환자는 이미 다른 병원에서 무릎 주사도 맞고 정맥류 수술도 받은 상황이었다.

그랬던 환자가 그날은 진료실에 앉자마자 남편에게 맞았다며 눈물부터 흘렸다. 상처는 없지만 얻어맞은 머리와 가슴팍이 아프고, 머리를 차여 목도 불편하다고 했다. 내가 해 줄 수 있는 일은 같이 분노해 주는 것 그리고 꼼꼼하게 진료하고 그간의 진료 경과를 상세히 정리한 진단서를 작성해 주는 것이 전부였다. 가정폭력도 명백히 범죄이니 절대 쉽게 용서하지 말 것도 당부했다. 그러나 그 앞에서 여성의 권리나 지위를 운운할 수는 없었다. 부적절하기도 하거니와, 이것이 보통 사람이 살아가는 모습이라고 치부해 버리는 이들에게 페미니즘은 다른 세상의 이야기이기 때문이다.

여전히 페미니즘은 우리의 삶에 스며들지 못하고 있다. 그저 한편에서 어떤 권력 집단의 도구로 전락하고 있는 듯한 모습만 보이고 있을 뿐이다. 내가 기대하는 변화는 가능할까. 우리가 살아가는 모습이 달라지고, 나 또한 진료실에서 덜 분노할 수 있는 날을 기다리고 있다. 그런데 지금의 페미니즘은 머리와 주먹만 커진 채 길을 잃고 방황하는 느낌이다.

주제넘은 참견

그의 할머니는 언제나 곧고 단정하셨다. 곧고 단정한 자세만큼 바느질과 살림 솜씨가 아주 좋으셨고, 그 솜씨 좋은 손으로 빈둥거리거나 말없이 여기저기 돌아다니시던 할아버지를 극진히 돌보셨다. 신여성이셨던 할머니가 어째서 이렇다 할 돈벌이도 하지 않고 빈둥거리던 할아버지를 그토록 정성껏 돌보는지 그는 이해하지 못했다. 그러던 어느날 할머니가 그에게 이렇게 말씀하셨다고 한다.

"사람이 바보처럼 보여야 목숨을 부지할 수 있던 때가 있었단다."

4·3의 흔적은 곳곳에서 자연스레 다가왔다. 길에서, 사람들에게서, 마치 얼마 되지 않은 일인 것처럼 말이다. 제주에 들어와 처음 자리를 잡은 동네에도 흔적이 남아 있었다. 내가 살던 건입동 바위 언덕은 주정 공장이 있던 자리인데, 4·3 당시 여러 이유로 붙잡힌 사람들이 그 공장에 수용되었다고 한다. 집단학살이 있었다는 증언도 있고, 수용자들 중에 임산부도 있어 수용된 상태에서 아이를 낳았다는 증언도 있다. 집 앞에서 내려다보이던 사라봉 앞바다는 예비검속자들이 이유 없이 집단으로 수장된 해역이었다. 일할 곳을 알아보기 위해 비행기를 타고 날아와 처음 밟은 제주공항 역시, 당시 집단으로 학살당한 후 암매장된 시신들이 묻혀 있는 땅이었다.

언젠가 배가 아파 입원하셨던 할머니는 왼쪽 발목이 부자연스럽게 옆으로 틀어져 있었다. 문제가 있어 보여 정형외과에 협진을 요청하려 했는데 할머니가 필요 없다는 듯 손을 저으며 그 자리에서 설명을 시작했다. 4·3 당시 할머니는 토벌대에 차출되었다. 그래서 죽창을 들고 보초를 섰는데, 순간 발을 헛디뎌 뼈를 다치고 말았다. 치료 요청은 받아들여지지 않았다. 그러나 덕분에 무장대와 충돌이 발생하기 전에 보초에서 빠지게 되어 목숨을 건질 수 있었다고 했다. 나는 할머니에게서 70년도 넘은 이야기를 들으며, 이제 그날의 흔적들도 서서히 사라지고 있겠다는 생각을 했다.

입도 후 얼마 지나지 않아 마련된 회식 자리에서 맥주 한 잔을 마시며, 나는 내 앞에 마주 앉은 토박이 직원에게 넌지시 곧 다가올 4·3을 이야기했다. 처음에 그 직원은 잘 모른다는 듯한 표정을 지었다. 그러다가, 생각해 보니 할머니가 가끔 혼잣말처럼 당시 이야기를 했던 것 같다고 말했다. 그런데 그 순간 그의 얼굴에 스친 표정은 마치 이런 말을 하는 듯했다. '입도한 지 얼마 되지도 않은 사람이 4·3까지 이야기하다니, 웬 참견인가.' 젊은 사람들에게 4·3은 먼 옛날의 이야기인 듯했고, 그들 앞에서 4·3을 먼저 이야기하는 것은 어쩌면 주제넘은 참견일 수도 있겠다 싶었다.

그러나 나에게 4·3은 이 섬에 살기 위해 먼저 알아보아야 할 역사였다. 거친 자연환경만큼 이 섬은 역사적, 정치적으로 거칠게 다루어졌다. 여느 역사와 마찬가지로, 거칠게 다루어지는 사이 제일 먼저 희생된 것은 인민들이었다. 별다른 이유 없이 죽임을 당했던 희생자가 무려 3만여 명에 달한다. 당시 제주 인구의 10분의 1 수준이다. 그날 제주 곳곳에 남은 상처가 처음엔 자못 생경해서, 적응하는

데 꽤 오랜 시간이 필요했다.

설명하기 어려운 불편한 느낌을 받은 순간도 있었다. 4·3이 공적 영역으로 편입되며 박제되어 가는 듯하달까. 그리고 자꾸만 4·3이 도구가 되어 가는 기분. 몇 해 전 일이다. 한낮의 출근길, 평화로 중간에서 마주친 4·3 70주년 기념 현수막에는 이렇게 쓰여 있었다. "4·3 70주년, 제주 방문의 해" '4·3 70주년'과 '제주 방문의 해'라는 어울리지 않는 두 어구에서 어쩐지 이질감이 느껴졌다. 4·3 70주년에 제주 방문을 해야 하는 이유는 무엇일까. 혹시 4·3 유적들을 소개하고 돌아보는 다크 투어리즘이라도 준비해 놓은 걸까? 그런데 알아보니 그것도 아니었다. 4·3은 그저 관광객을 유치하기 위한 도정의 홍보 수단이었다. 도정이 어떤 생각으로 이런 슬로건을 내세운 건지 모르겠지만, 조금 허탈했다. 그러나 여기에 별다른 문제 제기가 없는 이 섬의 분위기에 나 역시 입을 다물 수밖에 없었다.

나는 여전히 조심스럽다. 입도한 지 이제 10여 년 된 '육짓것'이 오랜 세월 제주에서 살아온 사람들의 삶과 사회에 대해 무어라 이야기하는 것이 쓸데없이 진지하기만 한 관심일 수 있기 때문이다. 하지만 이 섬의 여기저기에서 보고 느낄 수 있는 흔적들이 너무 많다. 정방폭포나 천지연폭포 같은 유명한 관광지들만 해도 당시 총살터였으니 말이다. 곳곳에 산재한 '굴'이라는 이름이 붙은 장소에는 어떤 이야기가 담겨 있을까. 4월 초만 되면 이 집 저 집에서 지내는 제사에는 어떤 사연이 있을까. 진료실에서, 장터에서, 한적한 중산간 마을에서 만나는 주름 가득한 할망들에겐 그날이 어떤 모습으로 각인되어 있는지 물어보고 싶어진다. 그리고 점점 희미해지고 있는 흔적들을 보며 조심스레 걱정하는 마음을 품어 본다. 4·3 70주년에 꼭 제주를 방문해야 하는 이유는 무엇이었을까. 나는 이 섬의 천재라는 소리를 들었던 당시의 도지사와 도정에 묻고 싶다. 4·3이 그렇게 수단이 되어야만 하는지. 그리고 사람들에게도 묻고 싶다. 어째서 우리는 4·3이 도구화된 데 대해 어떠한 문제 제기도 하지 않는 것인지. 물론 이 또한 외지인의 주제넘은 참견이고 쓸데없이 진지하기만 한 관심으로 비치겠지만 말이다.

구조된 자의 불안

그를 응급실에서 마주한 날은 세월호 참사 다음 날이었
다. 그도 세월호에 타고 있었는데, 기울어지는 배 안에서
미끄러지며 떨어지는 학생 하나를 몸으로 받아 내다가 난
간에 등을 부딪쳤다. 천만다행으로 구조된 후 하루가 지
나 연고지인 제주에 도착했고, 등의 통증을 치료하고 안
정을 취하기 위해 다른 세 명의 구조자들과 함께 내가 있
던 병원으로 이송된 것이었다.

　검사를 해 보니 단일 갈비뼈 골절이었다. 보통의 경우
복대 같은 보조 기구를 착용하고 집에서 쉬게 하지만, 상

황이 상황인지라 입원부터 시켰다. 전국의 모든 방송 카메라가 뒤집혀 가라앉은 세월호를 향하고 있었고, 나 역시 에어포켓이라는 실오라기 같은 희망에 기대 생존자들이 어서 구조되기를 기다리고 있던 때였다.

회진 때마다 그는 세월호 관련 특보가 흘러나오는 텔레비전을 주시하고 있었다. 통증은 어떠냐는 질문에 그는 언제나 소박한 웃음으로 답했다. 사실 그의 갈비뼈 골절은 그리 신경 쓰이지 않았다. 어차피 기다리면 회복될 것이기 때문이었다. 걱정되는 것은 그의 방 안에서 항상 울리고 있는 세월호 특보 방송 소리와 의미를 알 수 없는 그 웃음이었다.

분명 그는 심각한 정신적 트라우마를 입은 상태였다. 때때로 잠이 잘 안 오고, 마음이 안정되지 않아 가끔 이유 없이 놀라곤 한다고 이야기했다. 정부도 이러한 상황을 인지했는지 생존자들이 입원한 병원에 공문을 보냈다. 트라우마 치료를 위해 정신과 진료를 받게 하라는 공문이었다. 그도 협진으로 정신과 치료를 받았다. 일주일에 한 번 정도 정신과를 방문해서 면담을 하고 약을 처방받아 왔다. 그걸로 그의 상태가 나아졌다면 좋았겠지만, 알량한 약 몇 개로 그의 표정은 달라지지 않았다. 그 이후로 입원한 생존자들에 대한 정부의 공문은 없었다. 마치 그것으로 할 일은 했다는 듯한 느낌이었다.

골절 증상이 호전되고 있었음에도 그는 한 달이 되도록 퇴원하지 않았다. 사실 병원 입장에서 갈비뼈 골절 환자를 이렇게 오래 입원시키는 것은 부담되는 일이었다. 너무 병실에만 누워 있는 것도 걱정이 되어 나는 회진 때 조심스레 퇴원을 권유했다. 바깥에서 움직이며 적응해 보려하는 것도 치료의 한 방법이라고 설명하면서 말이다. 그러나 그는 작은 소리로 조금만 더 있겠다고 했다. 그의 알수 없는 표정은 여전했다. 텔레비전에서도 여전히 세월호 관련 방송이 흘러나오고 있었다. 조금 변한 것이 있다면 증상이 호전되었고 개인적인 일 처리를 위해 그가 가끔 외출을 한다는 것이었다.

그러던 어느 날 출근하자마자 입원 병동 수간호사가 나를 찾아왔다. 수간호사는 심각한 얼굴로 어젯밤에 있었던 일을 세세하게 설명하기 시작했다. 외출을 나갔던 그가 밤늦게 술에 취한 채 돌아와 야간 근무 간호사에게 수면제가 들어 있는 약병을 보여 주며 이렇게 말했다고 했다.

"그냥 이거 다 먹고 죽어 버릴까 싶어요. 난 딸린 가족도 없이 혼자니까 고민할 것도 없고요. 홀가분해요. 내가 죽으면 같은 처지에 있는 사람들한테 도움이 되지 않을까 싶기도 하고요."

어젯밤 야간 근무 간호사들은 초긴장 상태였다고 했다. 나 역시 상황이 심각해졌음을 감지했다. 자살을 암시한 것으로 보아 우울증이 분명했다. 나는 즉시 정신과에 연락해서 추가 협진을 요청했고, 환자를 진료실로 불러 면담을 했다. 외래 간호사를 내보내고 좁은 진료실에서 단둘이 마주하자 그는 어제의 일에 대해 죄송해하며 자신의 처지를 설명하기 시작했다.

그는 운송 업무를 하는 지입차주였다. 1억 4000만 원이나 하는 화물트럭을 60개월 할부로 구입해서 이제 겨우 석 달치 할부금을 냈다고 했다. 개인사업자였지만 그래도 어딘가에 소속되어야 하니 운송회사에 '넘버값'을 지불하고 있었는데, 아무런 안전장치 없이 운송업을 하고 있었다. 그런 와중에 세월호를 타고 제주에 오다가 새것이나 다름없는 트럭을 바다에 수장한 것이다.

넘버값을 지불해 왔지만 그는 엄연히 회사의 직원이 아니었고 회사는 트럭에 대해 아무런 책임도 지지 않았다. 배에 실은 화물차는 차가 아닌 '선적된 화물'로 취급되기 때문에 세월호를 운영하는 청해진해운에서 보상을 해 주는 것이 원칙이었다. 그러나 어처구니없게도 청해진해운은 적하보험에 가입되어 있지 않았고, 사고 직후 파산 절차에 들어가 보상 여부가 매우 불투명한 상태였다. 그는 생계를 위해 자신의 모든 것을 트럭 하나에 쏟아부었다고 했다. 그렇게 마련한 유일한 생계 수단을 바다에 수장했으니, 그의 불안이 극에 달하는 것은 당연한 일이었다.

그의 말에 따르면 지원이 전혀 없는 것은 아니었다. 그가 사는 시에서 '중소기업 자금 지원' 형태로 저금리 대출을 해 주겠다는 제안을 했다고 했다. 정부의 대책도 있었다. 정부는 '생활 안정 자금'이라는 이름으로 피해 가족에게 생활 안정 지원금 세대당 85만여 원, 구호비 1인당 42만 원을 지급하겠다고 했다. 그런데 이 금액은 희생자들의 가족에게만 해당되는 금액이었다. 부상자 가족의 경우에는 희생자 가족 지원액의 50퍼센트만 지급하겠다는 것이 정부의 방침이었다. 당황스럽기만 한 이야기였다. 생계 수단을 하루아침에 잃어버린 사람에게 새로 빚을 지라는 제안이나, 최저생계비나 될까 싶은 액수마저도 '일할 능력'을 운운하며 반만 지급하겠다는 정부의 정책은 탄식을 자아냈다. 그래서 그는, 병원에 조금이라도 더 입원해서 입원 일수에 비례해 올라가는 자신의 사보험 지급금이라도 챙겨

야겠다는 생각을 할 수밖에 없었다고 했다.

자신의 처지를 이야기하던 그가 한숨을 쉬며 말을 이었다.

"그렇다고 제가 언제까지 병원에서 버티겠습니까. 나가야죠. 나가서 일해야죠. 그런데 생계가 너무 막막해서 나가서 뭘 어떻게 해야 할지 모르겠습니다. 트럭을 다시 몰게 된다 하더라도 트라우마가 생겨서 제가 배를 탈 수 있을지 모르겠습니다. 다시 배에 올랐을 때 아무렇지 않으면 괜찮겠지만, 만일 도저히 탈 수가 없다면 그땐… 그땐 다른 일을 알아봐야겠죠. 그래서 더 막막해요. 게다가 나라에서도 청해진해운에서도 보상이 나오지 않을 수 있다는 생각에 더욱 신경이 곤두서고 있습니다."

그는 한동안 더 병원에 머물렀다. 골절은 증상을 거의 느끼지 못할 정도로 회복되었다. 자살 충동을 동반한 우울 증상을 보였지만, 나는 꼭 입원한 상태에서 치료를 받아야 할 상황이라고는 생각하지 않았다. 그러나 그에게 퇴원을 종용할 수 없었다. 병원에 입원해 있는 것이 그에게는 유일한 생존 수단이고 위안이었기 때문이다. 어느 날 그는 조용히 퇴원 의사를 밝히고 퇴원했다. 그 후로 병동 복도에서 가끔 마주쳤는데, 눈인사를 나누었을 뿐 그의 거취나 증상에 대해서는 더 묻지 않았다.

충분한 시간이 있었음에도 300명이 넘는 안타까운 목숨이 구조되지 못하고 배와 함께 그대로 수장되는 모습을 생중계로 지켜보아야 했던 처참했던 순간. 골든타임에 국가는 없었고, 사람들은 "이게 나라냐!" 한탄하며 애끊는 고통의 트라우마를 마음 깊은 곳에 새겼다. 구조에 전력을 다해야만 하는 공권력은 민간업체와 알 수 없는 관계로 얽혀 움직이지 않았다. 당시 정부는 책임을 회피하며 청해진해운과 세모그룹 회장 일가를 붙잡고 닦달하는 데에만 혈안이었다. '국가가 국민을 구조하지 않은 사건'은 그대로 국민에게 허탈과 우울이 되었다. 4월의 바닷물에 차갑게 굳어 버린 시신으로 건져지는 희생자들을 보면서, 우리는 살아 있음에의 비루함을 느껴야만 했다. 그리고 생존자들은 살아남아 다행이라는 위로도 제대로 받지 못한 채, 생계에 대한 이렇다 할 대책 없이 방치되었다.

그로부터 9년이 넘는 시간이 흘렀다. 그동안 수많은 세상의 민낯을 직시하며 인간의 온기를 느낄 수 있는 사회 시스템은 어떠한 모습이어야 하는지, 우리는 끊임없이 고민했다. 그런데 얼마 전 세월호가 여전히 진행형임을 말해 주는 참사가 이태원에서 일어났다. 살아 있음에의 비루함을 다시금 느낀다. 그 자리에 과연 국가는 존재했는가. 같은 질문이 다시 반복된다.

세월호에서 이태원까지, 그간 이어진 우리의 고민엔 과
연 어떤 의미가 있는가. 이 비루함이 끝나지 않을 것만 같
다. 마음은 위로받지 못했고, 트라우마는 날것 그대로 방
치되었다. 우리는 세월호 이후 안게 된 현실의 암연을 여전
히 떨쳐 내지 못하고 있다.

바람 냄새가 밴 사람들

그는 손가락 하나가 벌겋고 단단하게 부어 있었다. 일주일도 넘게 그 상태였다면서, 집 근처 병원에서 약을 처방받아 복용해도 낫지 않는다고 말했다. 40대 중반의 그는 당뇨가 있었다. 그런데 당뇨 약을 제대로 복용하지도, 혈당관리를 제대로 하지도 않고 있었다. 술과 담배도 심각할 정도로 마시고 피웠다. 벌겋게 부은 그의 손가락을 살피고 이제까지의 과거력을 파악하고 나니 절로 한숨이 나왔다. 일단은 약을 처방해 주지만 호전이 없으면 입원해서 항생제를 투여하고 당뇨 관리를 해야 한다고 설명했다. 그랬더니 그가 잠시 머뭇거리다 말했다. 뱃일을 한다고, 오늘도 진료를 받고 배에 올라야 하는데 이번에 배를 타면 보름 정도는 바다 위에서 생활해야 한다고 했다. 난감했다. 내가 할 수 있는 일이라곤 약을 좀 더 길게 처방해 주는 것밖에 없었다.

그들에게선 한기를 품은 바닷바람 냄새가 났다. 병원에 오기 전에 배 위에서 입던 작업복을 벗고 몸을 씻어 냄새를 지웠겠지만, 몸에 밴 바람 냄새는 쉬이 없어지지 않았다. 그리고 거기에 한 가닥 가느다란 비린내도 서려 있었다.

거친 바닷바람 냄새만큼 그들의 몸도 거칠었다. 술 담배는 일상이었고 당연히 건강도 좋지 않았다. 그들은 그러한 삶이 자연스러운 삶이라 생각하며 언제나 배를 타고 바다로 나가 오랜 시간 머물다 돌아왔다. 한번 먼바다로 나가면 짧게는 2주, 길게는 두어 달 정도 머물며 조업을 했는데, 커다란 배 안에 있는 의료용품이라고는 구급약품 몇 개가 전부였다. 그래서 선주들은 선원들의 건강 문제에 예민했다. 작정하고 바다에 나갔는데 선원 한 명이라도 건강에 문제가 발생하면 조업을 포기하고 들어올 수밖에 없기 때문이다. 그렇게 되면 발생하는 경제적 손실이 몇천만 원이라고 했다. 선원들도 마찬가지였다. 돈을 벌려면 배에 올라야 하는데 건강에 문제가 있다는 것이 밝혀지면 배에 오를 수 없다. 그래서 그들은 작은 문제라도 당장 해결하려 했고, 내 앞에 앉으면 빨리 낫지 않으면 안 된다며 절박함을 호소했다. 그리고 처방받을 수 있는 최대한의 약을 요구했다.

작업은 고되고 환경은 열악하다. 그러나 그들이 배 위에서 의존할 수 있는 것은 먹거나 바르는 약밖에 없다. 스트레스가 극에 달할 수밖에 없는 환경. 망망한 바다 위에서 배라는 한정된 공간 안에 갇혀 생존을 위해 싸우는 일은 단단한 땅을 딛고 여기저기를 자유로이 다니며 사는 사람들은 상상할 수 없을 정도의 피로와 긴장을 유발한다. 그런 환경에 놓인 이들에게 술과 담배는 가장 쉽고 저렴하게 구할 수 있는 스트레스 해소 수단이 된다. 그렇게 몸이 망가져 간다.

몸이 망가지며 생겨난 틈새에 짠 내 가득한 바닷바람이 들어와 배어든다. 지병이 있어도 제대로 관리하지 못하며, 몸에 문제가 생기면 쉬이 낫지 않는다. 다치기도 많이 다친다. 어떤 이는 작업 중 밧줄에 배를 맞아 갈비뼈가 부러지고 간과 비장이 파열되었다. 손가락에 갈치 바늘이 박힌 채로 오거나, 생선 가시에 찔려 퉁퉁 부은 채로 병원에 오는 일은 너무 흔했다.

그들은 사회적으로도 존중받지 못했다. 어느 날 응급실에서 만난 선원 환자는, 손과 발에 2도 화상을 입었는데 관리가 제대로 되지 않아 균에 감염이 되면서 3도로 진행되고 있었다. 자초지종을 물어보니 3일 전 어선에서 발생한 화재의 피해자였다. 그 사건은 텔레비전 뉴스에서도 보도될 정도로 심각한 해상 화재 사건이었다. 3일 전에 사고를 당했는데 어째서 이제 왔느냐 물어봤더니 선원은 볼멘소리로 대꾸했다.

"조사받는다고요. 경찰선에 바로 옮겨져서 붕대 감긴 했는데 그것 말고는 치료받은 게 없어요."

답답했다. 바로 이송되었어도 이상하지 않은 환자를 이렇게 방치했다니……. 선원이 아닌 다른 사람들이었어도 이런 취급을 당했을까 하는 생각이 문득 들었다. 적극적으로 치료하려고 화상 드레싱을 한 뒤 입원시키려는데, 관계자가 나서서 바로 퇴원해야 한다고 했다. 육지로 보내 조사해야 한다는 것이 퇴원의 이유였다.

그들의 건강 문제는 가족들에게도 부담이었다. 진료실에 함께 들어온 보호자들은 환자를 먼저 밖으로 내보내고는 나에게 부탁했다.

"제발 술 담배 좀 줄이도록 겁 좀 주세요. 정말 심각합
니다. 부탁드립니다."

충분히 이해할 수 있는 심정이었다. 그래서 어느 환자에
게 대장 내시경으로 촬영한 사진들을 보여 주면서 술 담
배를 줄이거나 끊지 않으면 큰일 날 거라 경고한 적도 있
다. 그때 심각한 표정의 환자 뒤에 앉은 보호자는 피식 웃
으며 "거봐, 내가 작작 좀 하라 그랬잖아."라며 추임새를
넣었다.

제주에 입도한 후로 나는 항상 바다가 보이는 집에서
지냈다. 일하는 병원에서는 조금만 걸어 나가거나 차를 몰
면 5분을 넘기지 않아 바다를 만날 수 있었다. 그런 바다
위에 어두운 밤이 찾아오면 수평선을 따라 어선 불빛이 길
게 늘어섰다. 대부분 새벽까지 갈치를 낚아 올리는 어선의
불빛이었다. 어화漁火. 그 모습만큼이나 참 아름다운 단어
다. 그러나 그들을 만난 후로는 그 불빛이 아름답게만 느
껴지지 않았다.

눈이 아프도록 시린 그 불빛 아래에서 차가운 바닷바
람과 파도를 온몸으로 맞으며 낚싯줄을 연신 감았다 풀
었다 해야 한다. 낚싯바늘에 찔리지 않도록, 낚싯줄에 손

이 쏠리지 않도록 항상 조심하면서 말이다. 물론 손에 장갑을 끼지만 퉁퉁 붓기는 매한가지이다. 어쩌다 갈치 이빨에 손이 스치기라도 하면 칼에 베인 듯 피가 흐른다.

아름다움의 이면엔 알 수 없는 이유로 대접을 받지 못하는 그들의 고된 노동이 자리하고 있다. 노릇하고 먹음직스럽게 구워 낸 식탁 위의 갈치나 고등어에도 거친 삶을 살아가는 누군가의 노동이 담겨 있을 게 분명하다. 나는 꾸준히 그들을 진료실에서 만난다. 그럴 때마다 한기 가득한 바닷바람을 느낀다. 가끔 그들에게 거친 말을 듣고 마음에 생채기가 나기도 하는데, 그것보다 나를 힘들게 하는 것은 제대로 된 치료와 처방이 불가능한 그들의 안타까운 상황이다.

그가 진료를 마치고 나간 뒤 창밖으로 시선을 던졌다. 멀지 않은 곳에 바다가 보였다. 작은 어선 두어 척이 느릿하게 범섬 앞으로 움직이고 있었다. 나는 조금 전 나간 환자에게 술을 줄이고 담배를 끊지 않으면 심각한 문제가 생길 수 있다고 말했다. 극도의 스트레스를 달래 주고 있는 술과 담배를 멀리하라니, 나는 그들에게 얼마나 허망한 사람일까.

중립이 필요한 공간

전에 근무하던 병원은 강정 해군기지에서 멀지 않은 곳에 있었다. 그래서 당시 해군기지에 근무하는 군인들과 군무원, 그들의 가족들이 병원에 많이 내원했다. 동시에 강정 마을의 주민들과 활동가들 역시 병원에 내원했다.

해군기지 건설이 현실화되며 강정마을의 풍경은 급격하게 변했다. 서귀포 시내에서 법환을 거쳐 해군기지로 이어지는 도로의 풍경들도 예전 같은 한가로움이 거의 사라졌다. 병원 역시 해군기지 주변의 변해 버린 풍경 속에 녹아 있는 사람들의 어떤 기대와 비슷한 종류의 기대를 가지고 있었다. 병원은 해군기지 개항을 앞두고 건강검진 센터를 구상했고, 그 시점에 내가 들어가 진료를 시작했다.

나에게 해군기지는, 솔직히 말하자면 작은 아픔이다. 제주에 입도한 지 얼마 지나지 않아 강정에 해군기지가 들어설 것이라는 소식을 듣게 되었다. 해군기지 건설 계획 때문에 지역사회에서 큰 갈등이 빚어지고 있다 보니 관심을 가져야겠다는 생각이 들었고, 그래서 이슈가 들려올 때마다 나는 당시 살고 있던 제주 건입동에서 서귀포 강정까지 차를 달려 현장을 찾았다. 그 덕분에 2012년 3월 7일 구럼비 발파 이후 이어진 해군기지 건설, 2016년 2월 개항을 거쳐 현재에 이르기까지, 나는 나만의 경험을 간직하게 되었다.

맨발로 올라설 수 있었던 널따란 구럼비와 그 위에 앉은 사람들 그리고 머리를 날리던 시원한 바람을 기억한다. 둘러쳐진 벽을 따라 저항하던 사람들과 구럼비가 발파되던 날 전경 방패 앞에 무릎을 꿇고 엎드려 울던 사람들을 기억한다. 세월은 아무렇지 않게 흘렀다. 그리고 지금은 달라진 풍경 안에서 사람들이 무심한 듯 살아가는 모습을 바라본다.

내 머릿속에 남은 풍경들에 낭만적인 감정을 품고 있

는 것은 아니다. 다만 나와 같은 기억을 공유하는 사람들을 진료실에서 종종 마주하기 때문에 그날을 떠올리지 않을 수 없는 것이다. 그리고 동시에 구럼비를 뒤덮은 차가운 콘크리트 건물 안에 머무는 사람들도 마주한다. 이들을 어떤 감정으로 마주하면 좋을지, 스스로에게 종종 물어보곤 했다.

진료실은 중립적인 공간이다. 세상의 모든 갈등을 넘어, 몸의 문제에 집중하는 공간이다. 그러므로 진료실에서만큼은 활동가나 강정 주민들의 다른 이야기보다는 몸의 증상에 집중할 수밖에 없다. 건강검진을 받으러 온 해군기지에 근무하는 군인에게 강정의 입지에 대해 어떻게 생각하느냐고 단도직입적으로 물어보는 일 역시 매우 비정상적인 일이다. 그들이 병원 바깥에서 갈등 관계에 있더라도 진료실이라는 공간에서는 비슷한 고민을 안고 있는 환자들일 뿐이다. 나 또한 강정에 대해 개인적인 감정을 간직하고 있지만, 진료실에서는 누구에게도 그런 감정을 드러내지 않는다.

'중립적'이라는 말을 그리 좋아하지 않는다. 인간의 모든 행위에는 의도가 있고 따라서 모든 행위는 정치적임을 알고 있다. 정치적 관점에 중간이 존재할 수 있을까. '중립'

이라는 말을 하는 사람에게도 위치와 의도가 없을 수 없는데 '완벽한 정치적 중립'이라는 말이 성립할 수 있을까. 마르틴 니묄러의 시처럼, 설령 정치적 중립이 존재한다 하더라도 결국 타인에게 정치적 위치를 강요당하는 상황이 찾아올 것이다.

따라서 '진료실은 중립적'이라는 말도 틀린 말일 수 있다. 중립적이라지만, 나 또한 직업적 강박과 원칙 때문에 감정을 억제하고 있는 것이나 다름없다. 솔직히 말하자면 나는 강정에서 안면을 익힌 활동가들이나 마을 주민들을 진료실에서 마주할 때, 표현하지 않으려 노력하지만 호의를 갖게 된다. 반면 해군기지에 근무하는 군인이나 군무원들이 내원하면 별다른 감정이 생기지 않는다. 오히려 그래서 편하게 웃어 줄 수 있다.

꼭 정치적이거나 사회적인 이슈 앞에서만 감정을 잔잔하게 유지해야 하는 것은 아니다. 모든 상황에서 감정이 툭툭 튀어 오르려는 것을 애써 통제해야 한다. 그러다 보면 훈련이 되어 감정을 다스리는 일이 익숙해지고, 나중엔 감정의 미동이 생기지 않는다. 윤슬이 가득한 잔잔한 바다가 영원히 이어질 것 같은 그런 경지에 이르기도 한다. 그게 윤슬처럼 아름답기만 하면 좋겠지만, 이것이 감정적

매너리즘을 불러와 세상의 수많은 이야기에 전혀 반응하지 못하는 무감한 상태에 빠지게 만들기도 한다.

진료실이라는 공간의 단점은 이에서 비롯된다. 나의 가치관에 따라 세상의 이슈에 대해 감정을 표현하고 의견을 보탤 수 있어야 함에도 진료실에서는 그럴 수가 없다. 세상의 이런저런 이슈는 뒤로하고 주로 몸의 문제를 이야기하는 곳이 진료실이다 보니, 진료실에 종일 있다 보면 세상의 일에 적극적으로 참여하기 힘들어진다. 사실 의학의 위치가 그렇다. 세상의 많은 갈등 속에 존재하지 못하고 그 옆에서 서성인다. 물론 가끔은 정치와 자본에 다리를 하나씩 걸치고 어떤 갈등의 중심에서 분주한 모습을 보이기도 하지만 말이다.

동네 의원의 진료실에 앉아 있는 나로선 세상의 갈등은 왠지 거리가 있어 보이고, 갈등에 적극적으로 개입하기에도 제한이 많다. 물론 이러한 환경에도 불구하고 하고 싶은 말을 하는 의료인들이나, 저마다의 방식으로 갈등에 적극적으로 개입하는 의료인들이 존재한다. 그러나 나는 키보드워리어 신세에서 벗어나지 못할 것 같다는 생각에 언제나 조용히 머무는 선택을 한다.

변화는 현실이 되었고 여전히 갈등 안에서 사람들이 존

재하는데, 나는 진료실이라는 공간에서 그 사람들을 마주하며 내 안의 감정과 생각들을 내려놓는다. 그리고 진료실 안에서 중심을 가지고 해야 할 일에 집중한다. 그것이 내 일이고, 사람들이 나를 찾는 이유이다. 갈등을 유발하는 문제들로부터 조금 떨어진 위치에서 관망하는 일은 나의 직업적 의무이고 힘든 일도 아니지만, 자주 어색하다. 나 역시 같은 세상에서 살아가고 있기 때문이다.

다른 지역에서 일을 했다면 이런 생각을 했을까 싶기도 하다. 6년간 강정과 가까운 곳에서 진료를 했다. 게다가 해군기지가 세워진 곳이 아름다운 풍경을 조금이라도 더 보고자 산을 넘으면서까지 줄기차게 찾았던 구럼비라는 점에서 생각의 농도는 짙을 수밖에 없었다. 짙은 생각의 농도에 반하여 언제나 감정을 잔잔하게 유지해야 했다는 점에서 강정은 내겐 훈련의 공간이 되어 주었다.

범죄, 질병, 성적 지향

20대의 젊은 남자가 진료실로 들어섰다. 호리하고 하야면서도 약간 투박한 얼굴이었다. 그는 조심스레 의자에 앉더니 항문에 뭔가 나서 불편하다고 말했다. 흔한 증상인지라, 혈전성 치핵이나 작은 농양이겠거니 하고 문진을 한다음 진찰대에 올라가 누워 보라고 말했다. 그런데 그가조금 주저하는 모습을 보였다. 보여 주기 민망한 부위이기때문에 이 역시 종종 마주하는 모습이었다. 안심을 시키고, 진단과 치료를 위해서는 의사인 내가 직접 보아야 함을 설명했다. 그러나 그는 주저함을 넘어 불안해했다. 뭔가 좀 다르다 싶어 나는 진료실 커튼부터 치고 간호사를 진료실 밖으로 내보낸 뒤 문을 잠갔다. 그리고 재차 안심을 시킨 다음 그를 진찰대에 모로 눕히고 환부를 살폈다.

콘딜로마였다. 종종 마주하는 질환인지라 병변 자체로는 무심했는데, 진찰대에서 일어나는 그의 눈빛에서 여전히 불안과 초조가 느껴졌다. 과도한 주저와 불안에 짐작되는 바가 있어 단도직입적으로 물었다.

"동성애자이신가요?"

그는 말없이 고개를 끄덕였다. 그 순간 별스럽지 않다는 담담한 태도를 자연스럽게 유지해야 함을 깨달았다. 그가 해결해야 할 문제는 항문의 불편감뿐만이 아니었다.

문을 걸어 잠근 진료실 안에서 우리 둘은 다시 마주 앉아 대화를 이어 나갔다. 다행히 그는 다른 병원에서 혈청검사를 통해 에이즈나 성 접촉에 의한 다른 감염질환은 없음을 며칠 전 확인했다고 했다. 그래서 항문 콘딜로마는 이미 발생한 것이니 어쩔 수 없다고 말하며, 레이저치료로 제거가 가능한 데다 생활하다가 너무 커지거나 번지면 그때 수술해도 됨을 덤덤하게 설명했다. 그래도 그는 불안해했다. 더 궁금한 것이 있는지 물었더니 그가 말했다.

"차트에 제가 동성애자라는 사실이 기록되나요?"

나는 환자의 개인정보는 병원 외부로 나갈 수 없음을 설명하며, 기록되지 않길 원하면 '동성애'라는 단어를 차트에 넣지 않겠다고 말한 뒤 차트를 확인시켜 주었다. 그제야 그의 불안했던 표정에 그늘진 안도가 찾아왔다.

그 상황이 낯설지는 않았다. 자주 마주하지는 못했지만, 병원에서 만난 동성애자들은 대체로 무척 예민했다. 자신의 성적 지향이 드러나게 될까 봐 극도로 조심했고, 처음에는 극구 부인하다가 나중에서야 그렇다 말하는 이들도 있었다. 그들은 존재를 인정받지 못한다는 사실에 언제나 불안해했고 두려워했다. 때로 자기 자신을 부정하는 모습을 보여 주기도 했다. 그가 불안해하는 것도 같은 이유였다. 자연스럽게 생긴 감정과 그에 따른 행위일 뿐인데 부정당하는 현실, 그 안에서 살아가려면 강박에 가까운 자기검열은 필수였다.

1972년 미국정신의학회 연례 회의의 패널석에는 당시 대통령이었던 리처드 닉슨의 가면과 북실북실한 곱슬머리 가발로 자신을 가린 어느 정신과 의사가 앉아 있었다. 그의 이름은 '익명의 헨리 의사'였다. 그의 발언 차례가 되자 그는 일어서서 말했다.

"나는 동성애자입니다. 나는 정신과 의사입니다."

당시 미국정신의학회에서는 동성애를 정신질환의 하나로 분류하고 있었다. 그리고 의사 자신이 정신질환을 가지고 있지 않기에 정신질환을 분류하고 치료할 수 있다는 것이 정신의학의 기본 가정 중 하나였다. 그러니까 익명의 헨리 의사가 이런 기본 가정을 정면으로 반박하는 증인이 되어 버린 것이다.

여파는 강렬했다. 이듬해인 1973년 미국정신의학회는 『정신질환의 진단 및 통계 편람』에서 동성애 항목을 삭제했다. 동성애를 치료의 대상으로 바라보는 것이 아니라, 동성애자들이 겪는 정신질환을 치료하는 방향으로 방침을 수정한 것이다. 익명의 헨리 의사는 자신의 행동에 보복을 당할까 두려워 20년간 자신을 세상에 드러내지 않다가, 1994년이 되어서야 자신이 존 프라이어John E. Fryer, 1937~2003라는 정신과 의사임을 밝혔다. 학회의 방침이 바뀌었어도 동성애자임을 드러내 놓고 살아가는 일은 그렇게 쉬운 일이 아니었다.

조안 러프가든은 『진화의 무지개』(뿌리와이파리)에서 성을 이분법적으로 규정하는 것은 잘못되었다고 단언한다. 성은 문화적, 유전적, 생물학적 관점에 따라 다양하게 규정할 수 있는데 그동안 성을 단순하게 규정함으로써 인간의 본성이 잘못 파악되었고, 그로 인해 오랫동안 우리 사회에서 수많은 폭력과 비이성적 행위들이 발생했다는 것이다. 성적 다양성은 수많은 동물 종에서도 발견되는데, 동성애적 행위는 오히려 종의 생존을 유지하는 데 긍정적 역할을 한다고 말하며 그녀는 성적 다양성과 동성애에 대한 다양한 유전적 연구가 진행되고 있음을 정리해서 보여 준다. 또한 아직 유전학적으로 뚜렷한 결론이 난 것은 아니지만 인간은 유전적으로 어쩔 수 없이 성적 다양성을 가질 수밖에 없는 존재라는 것을 증명한다.

근대 인간의 역사를 살펴보면, 동성애는 스스로 존재를 증명하기 위해 엄청난 노력을 쏟아부었다. 지크문트 프로이트는 1905년 발표한 『성욕에 관한 세 편의 에세이』(열린책들)에서 처음부터 동성애를 성도착이라 단정하고 이야기를 시작한다. 그 전후로 동성애는 범죄였다가, 20세기 중반 의학이 발전하면서 질병이 되었다가, 지금은 아직 정확한 과학적 증거를 제시하지 못하는 성적 지향의 자연스러운 한 형태로 인식되고 있다. 존재는 그렇게 증명되어 가는 중이다.

동성애가 어째서 사회적으로 여전히 존중받지 못하는지 생각해 볼 필요가 있다. 과학적으로 온전히 증명된 것은 아니지만, 우리는 이제 동성애가 인간 사회에 당연하게 존재하는 다양한 성적 지향의 한 형태임을 모르지 않는다. 그리고 타인에게 위해를 끼치지 않는 한 있는 그대로를 존중하며 함께 살아가야 하는 것이 상식이고 윤리임을 안다. 그런데도 오랫동안 동성애는 부정당해 왔고 그로 인해 수많은 폭력과 슬픔이 생겼다. 변희수 하사와 퀴어 활동가 김기홍 씨가 스스로 목숨을 끊어야만 했던 것처럼 말이다.

자신에 대한 사회적 존중을 관철하기 위해서 존 프라이어와 같은 결단이 필요한 시대도 아니고, 『진화의 무지개』에서 보여 준 길고 어려운 연구 결과를 필요로 하는 시대도 아니다. 또한 우리는 인류 문명과 문화에 지대한 공을 세운 동성애자들을 안다. 신경과 교수로서 수많은 저작을 남긴 올리버 색스나 천재 수학자로 불린 앨런 튜링, 퀸의 프레디 머큐리나 전설적 싱어송라이터 조지 마이클 등을 우리는 거부감 없이 받아들인다. 이렇게 조금 떨어져서 보면 성적 다양성이 제자리를 찾아가는 듯하지만, 자세히 들여다보면 여전히 타인의 시선을 두려워하고 불안에 시달리는 이들이 많다.

우리 사회에는 구조와 계급이 있다. 하지만 그것이 완벽하지는 않아서, 누군가의 편리와 부유를 위해 누군가 고통과 불편을 강요당하고 있으며 우리 사회는 때때로 이를 방임한다. 그러다 사람들의 감정이 결국 터져 버리고 마는데, 이때 우리 사회는 사회적 소수자들을 감정의 배출구로 알뜰하게 활용하는 듯한 모습을 보인다. 제2차 세계대전 당시 나치가 유태인과 성소수자들을 학살했던 것처럼, 오늘날 우리 사회는 소수자들을 둘러싼 수많은 혐오와 갈등을 방치해 둠으로써 구조 자체에 대한 불만을 잠재운다. 그저 함께 살아가는 사회 구성원일 뿐인데 그들을 향한 불쾌한 시선을 방관으로 일관한다. 세상은 그렇게 교활하게 존재의 부정을 먼 산 바라보듯 한다. 구조 자체에 도전하는 계급의 반동을 가라앉힐 수 있는 아주 좋은 수단이기 때문이다.

잠긴 문을 열고 진료실을 나서는 그가 콧속에 막대기를 쑤셔 넣고 휘젓는 전두엽 절제술을 받을 일은 없다. 파블로프의 개처럼, 동성의 벗은 몸에 반응하면 강력한 전기 충격을 받거나 매를 맞는 교정을 당할 일도 없다. 그에게 내린 진단은 단지 콘딜로마일 뿐, 동성애와 관련된 진단은 찾을 수 없다.

그는 존재 자체로서 존중받는 인격체이다. 그러나 그는

여전히 불안하다. 자신의 성적 지향이 밝혀지면 자신에게 꽂힐 수많은 불편한 시선과 회피의 몸짓을 두려워한다. 그가 신체적으로 구속될 일은 없다. 그러나 심리적, 사회적으로 구속될 일을 걱정한다. 그가 자신의 성적 지향을 스스로 정한 것도 아니다. 그저 태어나면서부터 가지고 있던 본능을 성장하면서 자연스레 알게 되었을 뿐이다. 그리고 우리도 그를 정죄하려 하거나 불편해하지 않는다. 그런데 그는 어째서 불안해하고 초조해할까. 그 불안과 초조는 어떻게 해소할 수 있을까. 그는 평생 평온해질 수 없는 운명인지, 궁금하고 염려스럽다.

팔에 나타난 마음의 상처

환자의 차트 메모난에 '팔 상처'라고 적혀 있었다. 나이를 보니 10대였다. 다쳤겠거니 하고 무심한 마음으로 앞의 환자들을 차례대로 진료한 뒤에 '팔 상처' 환자를 진료실로 들여보내라고 벨을 눌렀다. 그러자 전화가 울렸다.

"원장님, 상처에서 피가 많이 나서 먼저 처치실로 들여보냈어요. 처치실로 가시면 됩니다."

그 정도면 다른 환자들보다 먼저 봐 달라고 했어야 하는 것 아닌가 하는 마음으로 처치실로 들어가니 거의 울 것 같은 표정의 여자아이가 앉아 있었다. 피를 닦고 상처를 거즈로 덮어 둔 상태였는데, 거즈를 걷어 보니 다행히 피가 멎어 있었다. 그런데 상처가 조금 특이했다. 우연히 다쳐서 찢어진 상처가 아니라 날카로운 물체로 여러 번 일부러 그은 상처였다. 아래팔의 수직으로 그어진 짧은 상처가 손목에서 팔오금 근처까지 여러 개 있었다. 신경질적으로 그어 댄 것이라 대부분의 상처가 깊지 않았는데, 딱 한 곳이 피부밑지방이 드러날 정도로 깊이 찢어져 있었다. 그 상처에서 피가 많이 났을 것으로 추측됐다. 그러나 다행히 출혈은 멈춘 상태였고, 봉합이나 다른 특별한 처치도 필요하지 않아 보였다.

자해의 전형적 형태였다. '아, 마음이 아픈 아이구나.' 속으로 생각하며 일부러 무겁지 않은 목소리로 물었다.

"뭐로 그은 거니?"

사실 자해 도구가 무엇인지는 짐작이 되었다. 그저 대화를 해 보고 싶어 물은 질문이었다. 이제까지 만난 자해 청소년들은 그저 웃기만 하면서 대답을 회피했다. 그런데 그 아이는 스스럼없이 대답해 주었다.

"커터 칼로 그었어요. 막 긋다가 갑자기 피가 솟구쳐서 너무 놀라서 병원으로 달려왔어요."

금방이라도 울음이 터질 것같이 목소리가 떨렸다.

"왜 그었어?"

이 질문엔 답이 없었다.

"마음이 많이 아팠구나."

그러자 아이가 갑자기 눈물을 터뜨리며 말했다.

"엄마 아빠가 이혼한대요. 저는 다 같이 살고 싶은데 그럴 수 없대요. 너무 힘들어요."

처치실에서 웅크리고 흐느끼는 아이의 등을 가볍게 토닥였다. 잠시 그대로 있다가 자세를 고치고 앉아 아이의 상처에 드레싱을 해 주었다. 아이는 눈물을 닦고 이야기를 계속 했다.

"예전에 어떤 일 때문에 저랑 아빠랑 사이가 많이 안 좋았었거든요. 그래서 그런지 엄마가 저를 데리고 따로 살기로 작정했대요."

"아빠랑 사이 안 좋았다면서 같이 살고 싶은 거야?"

"예, 지금은 같이 살고 싶어요. 그런데……."

아이는 다시 울음을 터뜨리려다 겨우 참아 냈다. 과거 아빠와 좋지 않은 사이였으면서도 어째서 같이 살고 싶어 하는지 궁금했지만 더 묻지 않았다. 아이가 마음에 담아 두었던 말들을 두서없이 쏟아 내는 것 같기도 했다. 더 들어 주고 싶었고 자세한 내막도 궁금했지만 환자들이 밀려 있어 아이와 여유롭게 대화를 할 수도 없었다.

"다음부터는 이렇게 자해하지 마. 네 팔만 흉해지잖아. 여름인데 팔 드러내기도 민망해지고 말이야."

소독을 마치고 거즈와 붕대를 감아 주며 말했다. 말을 하면서도 스스로 참 알량하다는 생각을 떨칠 수 없었다. '해 줄 수 있는 말이 겨우 이것뿐인가.' '나는 청소년 자해에 대해 제대로 대처하고 있는가.' '아이가 어렵게 속마음을 털어놓는데 이야기를 더 들어 주어야 하는 것 아닌가.' '아이가 마음에 쌓인 스트레스를 조금이라도 더 덜어 낼 수 있게 도와주어야 하는 것이 아닌가.' '밀린 환자에 쫓겨 여기서 진료를 마무리하는 것이 올바른 일인가.' 마지막으로 팔에 감은 붕대에 고정용 반창고를 붙일 때 내 마음속에서 수많은 의문과 고민이 휘몰아쳤다. 상처 드레싱은 매우 간단했고 상처 관리에 대한 설명도 그토록 간략할 수 없었다.

그때 그 아이의 마음의 상처를 정말 더 어루만질 수 없었던 것인지 나는 지금도 생각하곤 한다. 그 아이는 가정 불화가 자해의 원인이었지만, 예전에 만난 그 아이 또래의 여학생은 학교폭력의 피해자였다. 팔의 상처가 꽤 깊어 봉합을 해야 했는데, 봉합하는 상처 주변으로 그 전에 만들어진 흉터가 벌겋게 부어올라 있었다. 내가 묻는 말에 아이는 그저 웃기만 했다. 혹시 학교에서 따돌림을 당하느냐는 질문에도 겨우 고개만 끄덕일 뿐이었다. 주변에서 도움을 받지 못하는 것 같아 소독하러 왔을 때 미리 알아두었던 청소년 상담사를 연결해 주었다. 그러나 아이는 상담사에게 연락도 하지 않았고 찾아가지도 않았다. 상처가 나아 실밥을 뽑고 난 후 인사를 꾸벅하고 진료실을 나서는 아이는 미소를 지었다. 그러나 내 눈엔 그 미소가 불안하기 그지없어 보일 뿐이었다. 손목의 상처를 제외하면 아이는 더 나아진 게 없는 듯했다. 그때 어떤 한계를 느꼈다. 나는 정신과 전문의나 심리상담사가 아니었고, 내가 일하는 의원은 더 많은 것을 안기엔 너무 작은 공간이었다.

내가 만난 청소년들의 자해 원인은 미디어에서도 흔히 언급되는 그런 것들이었다. 가정불화, 학교폭력, 학업 스트레스. 물론 처음 만난 자리에서 아이들이 나에게 스스럼없이 속마음을 털어놓는 일은 거의 없었다. 나도 그저 하루빨리 나을 수 있도록 상처에 드레싱을 해 주고 다시 같은 상처를 만들어 오지 않길 바랄 뿐이었다. 그런데 애석하게도 자해는 반복된다. 상처는 점점 깊어지고 상처를 내는 것만으로 해소되지 않는 수준에까지 다다른다. 사실 자해가 꼭 자살 충동이나 관심 유발 욕구에서 비롯되는 것은 아니다. 대부분의 자해는 자기 안에 있는 격한 스트레스를 스스로 해소하기 위한 폭력적 수단이다.

울먹이던 아이는 그 후로 병원에 오지 않았다. 이틀 후다시 오라고 했을 때 "그냥 집에서 반창고 붙이면 되는 거 아니에요?"라고 지나가듯 던졌던 말이 기억났다. 아이는 자기가 만든 상처마저 스스로 떠안으려고 했다. 단 몇 분마주하는 것으로 그 고집을 꺾을 수는 없었다.

고등학교 교사인 지인이 얼마 전 나에게 들려준 이야기는 조금 충격적이었다. 코로나19 팬데믹으로 원격수업이 진행되던 시기 자해 건수가 급격히 증가했다는 것이다. 한해 몇 건의 자해 사건이 발생하는 학교였는데, 원격수업이 처음 진행된 2020년에는 40건이 넘는 자해 사건이 발생했다고 했다.

마음이 아픈 아이들이 자신의 속 이야기를 풀어놓을 공간이 정말 있는 것일까. 우리 사회에 수많은 청소년 상담 인력과 시설이 존재하는데, 어째서 찾아가지 않는지 나는 내 앞에 앉은 아이들에게 함부로 물을 수 없었다. 일개 동네 의원의 의사로서 주제넘는 짓일지 모르지만, 일차 의료의 역할은 어디까지인지 계속 생각하게 된다. 일차 의료

기관이라기보다는 자영업에 가까운 의료 소매업이라고 비
판받기도 하는 동네 의원에서, 내 마음은 자꾸만 우왕좌
왕한다.

먹고사는 일

할머니의 오른팔은 쉽게 나아지지 않았다. 밭일을 하다가 오른손을 무언가에 물렸다는데, 입원한 지 5일이 지나도록 부기가 좀처럼 가라앉지 않았다. 그렇다고 전신 상태나 활력징후에 이상이 있는 것도 아니어서 통상적인 처방과 치료 외에 새롭게 고려해 볼 만한 치료도 없었다. 이럴 땐 시간이 약인 경우가 많아서 증세가 호전되기를 기다리는 중이었는데, 갑자기 할머니가 퇴원하겠다며 퇴원 수속을 재촉했다. 나는 할머니를 찾아가 아직 호전 기미가 보이지 않아 안심할 수 없음을 설명하고 퇴원하려는 이유를 물었다. 할머니는 다가오는 주말에 양파를 심어야 하는데 자신 말고는 사람이 없다고 말했다. 1년 농사를 망치지 않으려면 본인이 어서 가서 준비해야 한다면서 말이다. 약물치료를 좀 더 해야 한다고 설명했지만 할머니는 막무가내였다. 무조건 퇴원해야 하니까 어서 서둘러 달라고 재촉만 했다.

원인이 명확하지 않은 장폐색으로 입원한 환자는 검사를 앞두고 잠시 외출을 신청했다. 입원 당시와 비교하면 많이 호전되긴 했지만 여전히 증상이 남아 있고 그 원인을 알 수 없어 치료자 입장에서는 환자의 외출이 불안했다. 그러나 그는 단호했다. 자신이 일하는 공사 현장에 본인이 직접 처리해야 하는 일이 있다며 반드시 다녀와야 한다고 했다. 할 수 없이 증상이 악화되면 반드시 바로 돌아와야 함을 설명하고 외출을 허락했다.

용접을 하다가 얼굴, 목, 양팔에 광범위한 화상을 입어 입원 치료에 들어간 환자의 표정은 늘 어두웠다. 무슨 고민이 있냐며 가볍게 던진 나의 질문에, 그는 회사에서 자신이 해야 할 일이 많은데 언제 퇴원할 수 있을지 알 수가 없어 답답하고 초조하다고 말했다. 화상으로 인한 통증보다도 일하러 가야 한다는 강박과 불안이 그를 더 괴롭히고 있는 것처럼 보였다. 그의 불안 앞에서 나는 잠시 무기력해졌다. 내가 할 수 있는 말은 어서 회복되어야 무리 없이 일도 잘할 수 있을 거라는, 그다지 도움이 되지 않는 격려밖에 없었다.

치료에만 몰두할 수는 없을까. 나는 이럴 때면 '내가 잘하고 있는 것일까?'라는 질문에 빠진다. 일 때문에 하루라도 빨리 퇴원해야 한다는 그들의 재촉이 나의 마음을 불편하게 만들고, 나를 고민의 구덩이 속으로 몰아넣는다. 물론 치료자로서 그들의 재촉을 애써 무시할 수도 있다. 치료에만 집중하는 것이, 내가 좀 더 차가워지는 것이 어쩌면 환자를 하루라도 빨리 회복시킬 수 있는 길일 수도 있다. 그러나 나 역시 현실을 살아가는, 또 내가 속한 이 사회의 현실을 충분히 알고 있는 한 사람이다. 그래서 그들의 불안과 재촉을 무시하고 나의 일에만 집중할 수가 없었다. 입원과 퇴원을 시키고 외출과 외박의 허가권을 쥐고 있는 사람으로서, 병원에서의 하루하루가 그들에겐 불안의 늪이라는 사실을 생각하지 않을 수 없었다. 치료에 필요한 시간과 방법이 환자의 현실과 충돌하며 빚어지는 문제는 늘 나를 괴롭혔고, '내가 치료자로서 잘하고 있는 것일까?'라는 질문을 내 가슴에 처박아 댔다.

세상이 좋아졌다고들 하는데, 사람들은 여전히 불안해하고 있다. 불안은 단연 먹고사는 일에서 기인한다. 이유가 어떻든 오랜 공백은 실업으로 이어지기 쉬운데, 새로운 일자리를 구하는 것은 물론 자신의 자리를 지키는 것도 어려운 시대가 아닌가. 불안도 계급이나 위치에 따라 다른지, 정규직 같은 안정되고 복지가 잘되어 있는 일자리를 가진 사람에게 입원은 불안이 아닌 치료와 휴식의 시간이었다. 그러나 비정규직 노동자나 하루 벌어 하루 먹는 이들 그리고 손을 다친 할머니처럼 당장 무언가를 하지 않으면 안 되는 사람들에게 입원은 불안의 시간이었다.

오랜 입원 치료를 마치고 퇴원했던 환자가 경과 확인을 하러 아내와 함께 진료실로 들어왔다. 그런데 입원 기간 환자를 간호했던 아내가 조금 힘들게 웃음을 지어 보이며 나에게 말했다.

"남편 간호해 주려고 잠시 일 관뒀다가 둘 다 실업자가 되어 버렸네요. 일하는 곳에서 그렇게 오래 자리를 비우게 할 수는 없다고 해서요."

어쩌다 듣게 되는 치료 이후의 생활이 밝지만은 않았다. 내게 전하는 고마움은 그래서 추를 단 듯 무겁기만 했다.

아픔은 정말 개인의 문제일까. 우리나라에는 국민건강보험이라는 꽤 괜찮은 사회보장제도가 존재한다. 덕분에 우리는 그리 크지 않은 본인부담금으로 높은 수준의 의료서비스를 받고 있다. 치료 과정에 국가가 개입하는 것이다. 그런데 아프기 전과 회복된 후 처지의 변화에 대해서 국가는 철저하게 무관심하며, 치료를 받는 동안 일자리에서 벗어나 있어야 하고 그로 인해 일자리를 잃을지도 모른다는 환자의 불안은 그저 개인의 문제가 된다. 먹고사는 일에 있어 안정적인 환경을 보장하는 것이 국가의 의무라면, 국가는 자신의 의무에 무척 소홀한 상태이다. 어째서 입원이 누군가에겐 휴식이 되고 누군가에겐 불안 요인이 되는 것일까. 언제까지 이렇게 무거운 마음을 안고 치료에 임해야만 하는 것인가.

할머니는 기어이 퇴원하고야 말았다. 그 부은 손으로 어떻게 양파를 심으실지 걱정되었지만, 농사를 지어 생계를 유지하고 계신 할머니의 뜻을 가로막을 명분이 내게는 많지 않았다. 내가 할 수 있는 건, 처방해 드린 약 잘 드시고 한동안은 귀찮더라도 병원에 자주 나오시라는 당부뿐이었다. 외출했던 환자도 특별한 문제 없이 잘 다녀와 예정된 검사를 마쳤다. 화상 환자도 길다면 길었던 2주의 치료를 잘 마치고 퇴원했다. 치료상 문제는 없었고, 환자들은 모두 잘 회복되었다.

퇴원 후 그들의 일상을 알 수는 없었다. 할머니께서 아픈 손으로 양파 농사를 잘 지으셨는지, 화상을 입은 환자는 하던 일을 이어서 잘하고 있는지 내가 알 방법은 없다. 그저 먹고사는 일이 무탈히 이어지기를 바랄 뿐이다.

이미 오래전에 만났던 환자들 이야기이다. 그로부터 짧지 않은 시간이 흘렀건만 나를 마주할 때 환자들은 여전히 불안해하고, 내 마음 또한 여전히 무겁다. 크게 달라진 것이 없다.

코로나19 시대
동네 의사의 소고 1

코로나19 시대 동네 의사는 불안했다. 그리고 외로웠다. 그것은 어떤 괴리에서 기인했다.

2020년 방역의 최전선은 분주했다. 의료 인력과 병상이 부족해서 난리라는 소식이 꾸준히 들려왔다. 그런데 나는 동네 의원 진료실에서 머물러야 했다. 그때는 내가 의료인이라기보다는 일반적인 동네 자영업자라는 느낌을 받았다. 정말로 그런 기분이었다.

코로나 의심 환자가 다녀가면 의원 전체가 걱정에 휩싸였다. 접촉했던 환자가 확진 판정이라도 받는다면 꼼짝없이 2주 동안 의원 문을 닫아야 했기 때문이다. 내가 진료한 환자가 코로나19 확진 판정을 받으면 나 역시 자가 격리 대상자가 될 수도 있는 상황이었기에, 감기 증상으로 찾아오는 환자들을 진료실에서 마주하는 나도 불안했다. 모든 사람이 불안을 품고 있었고, 의사 또한 다를 바 없었다. 거기에 더해 외로웠다. 의사로서 방역에 일조할 수 있는 방법이 거의 없어서, 그저 불안에 휘둘려야 했다.

뭔가 할 수 있는 일을 찾았다. 의원에 선별 진료소를 설치하는 일에 대한 논의도 진행됐다. 그러나 그렇게 하려면 충분한 공간과 인력이 필요했고 온갖 물자를 의원에서 준비해야 했다. 당시 근무했던 곳은 의사 세 명이 운영하는 의원이었는데, 아무리 생각해도 불가능했다. 결국 자체 선별 진료소 설치는 없던 이야기가 되었다. 개인적으로라도 방역에 참여할 수 있는 방법이 있을까 싶어 보건소에 문의했다. 보건소는 도청에 물어보라 했다. 도청에서는 아직 방역 인력으로 의사들을 모집할 계획은 없다고 했다. 지역 의사회에서는 공항 검역소에서 시간제로 일할 수 있는 의사를 모집한다는 문자를 보냈다. 이거다 싶어 알아보니 내가 근무하는 시간과 겹쳐 참여할 수 없었다.

사실 내가 마음먹는다고 해서 방역 사업에 참여할 수

있는 것도 아니었다. 만약에 내가 그렇게 병원을 비우면 그 빈자리는 당연히 다른 의사들이 채워야 했다. 그런데 이미 각자의 업무에 맞게 스케줄을 치밀하게 짜 놓은 상황이었고, 대책 없이 다른 선생님들의 배려만 바랄 수는 없는 노릇이었다. 설령 나 혼자 운영하는 의원이었다 해도 비슷했을 것이다. 내가 방역 사업에 참여하느라 병원 문을 닫으면 같이 일하는 직원들의 급여를 줄 수 없는 상황이 발생할 테니 말이다. 코로나19 팬데믹이 시작되고, 나는 그렇게 발이 묶이고 말았다.

아이러니하게도 발이 묶인 동네 의사와 간호사는 많은데 방역 전선은 인력난에 시달렸다. 공간도 마찬가지였다. 전국의 의료원을 비롯한 공공병원에 격리 병상을 마련했지만 태부족이었다. 특히 초기 급격한 확산을 보인 대구 지역의 상황은 처참할 정도였다. 병원이 이토록 많은데 코로나19 확진 환자를 수용할 공간이 부족하다니, 그야말로 잉여와 부족의 공존이었다. 언제 어디서든 편리하게 이용할 수 있던 한국의 의료시스템은 팬데믹 상황에서 치명적 오류를 드러냈다.

전 국민이 건강보험에 가입됐고 병의원의 진료를 '수가'라는 수단으로 건강보험심사평가원이 통제하고 있지만,

한국의 의료는 많은 부분을 자본에 의존하고 있다. 국가가 관리하는 공공 의료는 30여 년 전 30퍼센트 수준이었지만 이제는 10퍼센트를 넘지 않는다. 병의원은 의사 스스로 설립하고 운영하므로, 의사는 병의원 설립과 동시에 자영업자가 된다. 의사가 양성되는 과정에서 국가의 지원은 전혀 없으며, 국가가 관여하는 유일한 순간은 국가고시 합격 후 면허증을 발급해 줄 때뿐이다. 그렇게 양성된 의사가 의료인이자 '동네 자영업자'가 되면 국가기관인 국민건강보험공단과 건강보험심사평가원의 수가 통제를 받게 되는데, 문제는 현재의 이런 환경이 자본주의의 경쟁 원리에 충실해질 수밖에 없는 환경이라는 점이다.

수가 통제를 받지만 의료는 언제나 비급여 항목을 발굴해 내고 논리적으로 이를 진료에 활용한다. 그렇게 자영업자 원장은 첨단 의료 장비를 도입하고 전문 의료 인력을 운영하는 등 병의원의 수익을 창출하기 위해 고군분투한다. 여기에 더해 보편적 수준 이상으로 벌기 위해 발버둥을 친다. 이쯤 되면 한국의 의사는 사업을 위해 뛰는 존재로 비치지, 국민의 건강권을 보호하기 위한 공적 목적을 지닌 존재로 비치지 않기 마련이다.

결국 의료인들도 생존 경쟁에서 살아남기 위해 저마다

자신만의 자리를 찾아 앉았고, 그 결과 대한민국 의료의 90퍼센트 이상을 차지하고 있는 민간 의료 영역에 몰리게 되었다. 그래서 10퍼센트도 되지 않는 공공 의료기관이 오늘날 팬데믹을 감당하게 된 것이다. 고맙게도 소수의 의사와 간호사들이 자발적으로 참여하여 돕고 있기는 하지만 턱없이 부족한 게 현실이다.

한국 의료는 시장 논리에 발목을 잡혔다. 물론 이것이 마냥 잘못되었다고 말할 수는 없다. 엄청나게 비싸기로 유명한 미국의 의료서비스와, 철저하게 국가 통제하에 있어 답답함을 떨치지 못하는 영국의 의료 체계 사이의 어느 지점에서 우리는 우리만의 독특한 영역을 구축해 왔다. 다만 남아 있던 공공 영역마저도 민간에게 넘기고는 팬데믹 상황에서 심각한 문제점을 드러낸 국가 방역 체제에서, 우리는 우리의 의료 체계가 온전하지 않음을 발견할 필요가 있다. 의료를 단순하게 산업의 하나로 간주할 것인가, 공공의 영역에 둘 것인가, 아니면 그 사이에서 합리적 대안을 찾을 것인가. 고민이 필요한 시점이다.

최근의 의학 발전에 자본이 기여한 바가 적지 않음을 인정한다. 복강경수술 기구의 높아진 가동력과 편리성, 끊임없이 발전하고 있는 로봇수술 장비, CT나 MRI 등 영상 장비의 진화만 봐도 알 수 있다. 그렇지만 자본주의에 힘입어 발전하고 있는 의료가 공공성을 고려하고 있는지는 살펴볼 일이다. 근현대를 거쳐 오며 한국의 의료 체계는 눈부시게 발전했고 좋은 기구와 치료제가 만들어졌다. 그러나 팬데믹 상황은 우리로 하여금, 그렇게 발전시킨 의료 체계에도 한계가 있고 방향성을 검토할 필요가 있으며 자연 앞에서는 인간의 의학도 심히 미약하다는 사실을 깨닫게 해 주었다.

그래도 대한민국은 팬데믹 기간 동안 방역을 나름 잘해 왔다고 생각한다. 부족한 격리 공간과 의료 인력으로도 감염자의 폭증을 최대한 막아 냈고, 중환자와 사망자 발생을 최소화하면서 잘 이끌어 왔다. 2021년 말경 오미크론의 폭발적인 확산으로 잠깐 흔들리긴 했지만, 방역 당국은 그 나름의 논리와 원칙으로 방역 정책을 잘 이끌었다고 판단한다.

하지만 동네 의사인 나는 방역에 기여한 일이 거의 없다. 팬데믹 기간 동안 근무하던 의원을 그만두고 두 달간의 준비 과정을 거쳐 새로운 곳에 내가 경영하는 작은 의원을 열었다. 개업 준비도 해야 했고 휴식도 조금 필요했기에 나는 두 달의 휴식 기간을 가졌는데, 그때에도 방역 정책에 기여한 바가 없다. 핑계라 비난해도 할 수 없다.

개업 후 지역사회의 요구에 응하고 방역 사업에 조금이라도 힘을 보태기 위해 의원에서 코로나 신속항원검사를 해 왔지만 속물 자영업자가 된 기분을 떨칠 수 없다. 수가 자체도 나쁘지 않아 의원의 수익에 도움이 되었기 때문이다. 지금도 신속항원검사 시행이 국가 방역 정책에 기여하는 일이라 생각하지만, 수가와 의원의 이미지 측면에서 신속항원검사 시행은 내게 많은 생각을 안겼다.

첨언하자면, 우리나라의 방역 정책이 거둔 어느 정도의 성공에는 공공 의료의 노력 외에도 인권침해의 소지까지 안고 있는 정부의 통제를 기꺼이 받아들이고 마스크의 불편함을 견뎌 낸 국민들의 노력이 있었다. 거의 불가능하다고 생각했던 정책이 어느 정도의 성과를 만들어 낸 데 국민들의 적극적 참여도 한몫했다는 뜻이다. 그런데 미증유의 전염병에 대처하는 데 있어 국민들의 적극적인 참여가 필요하다는 것은 결국 공공 의료가 그만큼 중요하다는 말이 된다. 신종플루와 메르스 그리고 코로나19까지, 15년도 되지 않는 기간 동안 세 번의 감염병 대유행이 있었다. 분명 머지않은 미래에 예상치 못한 팬데믹이 또 찾아올 것이며, 그때에도 팬데믹 극복의 성패는 공공 의료에 달려 있을 것이다. 그러므로 의료 체계도 시대에 맞게 변할 필요가 있다. 자본에 지나치게 의존하는 현재의 체제에서 벗어난다면, 우리는 다시 한번 위기가 찾아와도 잘 넘길 수 있을 것이다.

나는 이제 막 개업한 동네 의원의 원장이자 자영업자다. 그런 내가 이렇게 말하는 것은 아닌 말로 장사를 포기하겠다는 말과 엇비슷하다. 하지만 나는 의사로서 내 마음 안에 존재하는 고민과 외로움을 떨쳐 내고 싶다. 불안에 힘들어하며 의사로서의 정체성이 마모되는 경험을 다시는 겪고 싶지 않다.

동네 의원 의사의 고민

그는 다른 병원에서 이틀에 한 번씩 투석을 받는 50대 신부전 환자였다. 여느 때와 같이 그는 지팡이에 의존한 채 진료실로 힘겹게 들어왔다. 그의 옆에는 항상 아내가 있었고, 아내의 손은 언제나 지팡이를 쥐고 있는 남편의 팔이나 등 쪽에 가 있었다. 아내의 가벼운 부축이 그의 힘겨운 걸음을 조용히 독려했다. 진료실 문을 열고 들어오는 그는 무표정했지만 어쩐지 전보다 한결 가벼워 보였다. 그의 옆으로 함께 들어온 아내의 표정도 전보다 조금 더 화사했다. 그렇게 우리는 서로 안녕하셨냐는 인사를 나누었고, 나는 그들을 바로 진료실 옆 처치실로 들여보냈다.

그의 걸음이 불편한 까닭은 오른쪽 다리 때문이었다. 가늘어질 대로 가늘어진 그의 대퇴부는, 주먹만 한 덩어리들이 피부 아래에 매몰된 듯 곳곳이 완만하게 부풀어 있었다. 신부전으로 투석을 받는 와중에 다리가 불편해서 잘 움직이지 못하니 대퇴부의 근육들은 거의 퇴화된 것이나 다름없는 상태였고, 누르면 버석거리는 느낌의 커다란 낭종들이 그 자리를 차지했다. 초음파로 관찰한 낭종은 석회로 가득해서, 마치 영화 〈판타스틱 4〉에 나오는 벤 그림의 암석 피부를 연상케 했다. 낭종들은 점점 커지다가 피부의 약한 부분으로 부풀어 올랐고, 결국 염증을 일으키며 터지기 일보 직전까지 다다랐다.

그를 처음 진료실에서 마주한 것은 약 2년 전이었다. 그는 진료실에 들어오자마자 거의 자포자기한 표정으로 "이거 좀 어떻게 안 되겠습니까?" 하고 스스럼없이 자신의 바지를 내리고 다리를 보여 주었다. 보자마자 나도 모르게 한숨부터 나왔다. 신부전을 진단받고 투석을 결정한 뒤 팔에 우회 혈관을 시술받기까지, 이런 작은 병원이 아니고 대형 병원에 다녔을 터였다. 그것을 짐작하는 일은 어렵지 않았다. 투석을 시작하면서부터 다리가 가늘어지고 약해지며 곳곳이 부풀어 올랐을 것이고, 그 증상을 큰 병원의 의사들에게 호소하지 않았을 리가 없다. 그래서 처음엔 그가 왜 이런 이 작은 병원에까지 오게 된 건지 알 수 없었다. 그저 답답함과 알 수 없는 우연이 그를 내 진료실로 인도했을 것이라 추측할 뿐이었다.

내 앞에 앉기까지 얼마나 막막했을지 그가 안쓰러워 졌지만, 사실 막막한 건 나도 마찬가지였다. 내가 큰 병원의 의사였다면 바로 입원시킨 다음 낭종을 절개해서 배액관을 넣고 드레싱으로 며칠 경과를 보았을 것이다. 그러나 나는 작은 동네 의원의 의사일 뿐이다. 절개를 하고 배액관을 넣어 집으로 보냈다간 환자와 보호자는 끊임없이 흘러나오는 체액 때문에 일상생활이 불가능해질 수도 있었다. 진료실에서 그의 다리를 본 뒤, 의사로서 내가 그에게 건넨 해답은 단순했다.

"이건 큰 병원 가서서 해결해야 합니다."

그랬더니 환자와 보호자가 답답해하며 말했다.

"우리가 큰 병원 가 보지 않고 여기 왔겠습니까? 큰 병원에서도 해 줄 게 없다는 말만 들었어요. 원인도 알 수 없다고만 해요. 제주에서 가장 크다는 병원에서는 보자마자 그냥 서울로 가서 치료받으래요. 방법을 좀 찾아 주세요.

너무 답답합니다."

　방법이 없는 것은 아니었다. 그냥 주사기로 찔러서 뽑아내면 됐다. 그러나 얼마나 잘 뽑힐지, 얼마나 자주 뽑아야 하는지는 알 수 없었다. 신부전 환자라 침습적 시술에 따른 감염 문제도 걱정되었다. 신장 기능과 그에 따른 대사 이상 문제가 맞물려 있음이 거의 확실한데, 대사 상태 모니터링 없이 그저 뽑기만 했을 때 환자의 상태가 어떻게 될지 판단할 수 없는 상황이었다. 이 모든 불확실성을 감수하고 단순한 처치를 이 작은 의원에서 받을 것인지 물었더니, 환자와 보호자는 망설임 없이 그러겠다 답했다. 그들은 이미 배수진을 치고 있었다.

　초음파에서 보았던 석회 가득한 큼직한 낭종들이 가늘어진 대퇴부 근육 위에 자리 잡고 있었고, 피부의 제일 약한 부분을 부풀리고 있었다. 나는 가장 큰 주사기에 가장 큰 바늘을 장착하고 부푼 피부를 소독한 뒤 과감하게 찔러 넣었다. 흡인은 쉽지 않았다. 낭종을 채우고 있는 체액은 석회가 녹아 있어 마치 묽은 치약 같았다. 걸쭉한 체액은 주사기로 빨아들여도 잘 나오지 않는다. 그리고 액체 성분을 다 빼면 낭종 안에 남은 석회를 깔끔하게 제거하기 힘들어진다. 외과의사의 본능이 스멀스멀 올라왔다. 마취하고 절개해서 석회를 다 긁어내고 배액관을 넣고 두꺼운 거즈로 감아 놓은 뒤 경과를 보고 싶은데, 그러려면 나와 환자는 입원실도 없는 이 작은 의원에서 한동안 같이 살아야 했다.

첫날은 세 부위를 천자穿刺해서 약 150시시 정도의 체액을 뽑았다. 손이 다 얼얼했다. 트레이에 담긴 진노랑의 체액에는 하얀 가루 같은 석회가 가라앉아 있었다. 다행히 환자는 어느 정도 만족했다. 그러나 앞으로 이 처치를 얼마나 자주 해야 하는지, 환자의 상태가 어찌 될지 알 수 없었기에 나는 걱정이 앞섰다. 드레싱이 끝나고 만족한 표정으로 아내의 부축을 받으며 처치실을 나서는 환자의 등 굽고 왜소한 뒷모습에서, 나는 어쩐지 불안감이 들었다.

우리나라의 의료제도는 행위별 수가제를 바탕으로 하고 있기 때문에 검사나 처치를 많이 하면 할수록 자연스레 수익이 많아진다. 그래서 병원에서도 되도록이면 많은 의료서비스를 수행하려 하는 것이다. 수가가 정부에 의해 통제되면서도 병의원 경영 자체는 시장경쟁 원리에 맡겨진 우리나라 의료계의 이와 같은 실정상, 특정 의료 행위에 얼마나 많은 시간이 소요되는지가 중요해질 수밖에 없다. 따라서 병의원의 규모에 따라 의사는 제공할 의료서비스를 자체적으로 판단하고 관리한다. 그래서 과거 어떤 의사는, 피부가 찢어져 봉합이 필요한 상황이었음에도 의료 행위의 수익성만 생각하여 환자를 큰 병원으로 보내기도 했다.

사실 나 또한 비슷한 상황이었다. 단순 천자 치료는 병원 수익에 그리 도움이 되지 않는데, 그에 비해 환자를 살피는 데 오랜 시간이 필요하고 힘이 들기 때문이다. 이런 자본주의적 고민은 작은 병원일수록 심하다. 상대적으로 비싼 기구와 소모품, 그리고 의료 자격을 갖춘 인력들의 급여 문제까지 생각하면 병원은 작을수록 순수해지기 어렵다. 큰 병원도 정도의 차이가 있을 뿐 다르지 않다. 환자의 상처를 치료하기 꺼렸던 의사의 마음을 그래서 이해하지 못하는 것이 아니다. 전부는 아니겠지만 노력 대비 결과의 모호함 그리고 수고에 비해 낮은 처치 수가가 치료를 꺼리게 만든 이유 중 하나였을 것이다.

그는 생각보다는 자주 내원하지 않았다. 다행히 낭종은 적당한 속도로 차올랐고, 크게 걱정하지 않아도 될 정도의 간격으로 처치가 이루어졌다. 물론 상태가 매번 달라서 어떤 날에는 천자가 잘되었지만 어떤 날에는 농도가 너무 진해서 천자가 불가능했다. 천자 부위에 염증이 생기기도 했으나 다행히 처방한 항생제가 잘 들어 주었다.

그렇다고 완전히 마음을 놓을 수 있는 상황은 아니었다. 낭종 하나는 누공이 생겨 체액이 조금씩 배어 나오는 상태가 되었고, 한쪽은 피부가 너무 약해져서 천자를 하지 못하고 작은 절개창을 냈기 때문이다. 절개한 부위에서는 노란 체액이 쏟아지듯 나온 뒤, 낭종 안에 가라앉아 있던 석회가 뒤이어 치약처럼 몰려나왔다. 그래도 누공이나 절개 부위의 드레싱 정도는 보호자에게도 익숙한 처치가 되어서, 집에서도 어려움 없이 잘 관리되고 있었다. 그렇게 가끔씩 처치를 하면서 생긴 인연이 2년을 넘기고 있었다. 나는 환자의 상태가 안정적이고, 처음에 했던 걱정들이 그저 기우가 되어 가고 있음에 감사했다.

그는 여전히 작은 동네 의원에서 감당할 만한 상태의 환자가 아니다. 신부전에 칼슘대사 이상이 원인으로 보이는 대퇴부의 석회성 낭종들은 종합병원 수준에서 다각적 접근을 해야 할 것으로 판단된다. 그래서 여전히 나는 기우로 마무리되고 있는 걱정덩어리의 한 귀퉁이를 떼어 내 마음속 차트 한 자리에 두고 그 무게감을 잊지 않으려 노력한다. 동시에, 좋지 않은 몸으로도 버티려 애쓰는 환자에게 작게나마 도움을 줄 수 있다는 사실에 감사한다. 그러면서도 내 판단의 한쪽을 잡고 따갑게 흔들어 대는 우리나라의 의료 체계가 매우 거슬린다. 외과적 치료가 필요한 환자를 두고 외과의사로서의 본능을 억눌러야 하는 동네 의원 의사로서 답답하고 때로 우울하다. 현실은 행위, 판단 그리고 감정의 중심을 어느 지점에서 잡도록 나를 종용하는데, 그 지점이 어디인지 매우 모호하기만 하다.

답답하고 난감한

하얗고 뽀글뽀글한 머리의 할머니가 구부정한 등에 작은 가방 하나를 메고 진료실에 들어섰다. 차트를 보니 아흔을 넘긴 연세였다. 연세에 비해 걸음이 빨랐다. 뒤이어 동행한 요양보호사가 들어왔다. 할머니는 의자에 서둘러 앉더니 한숨을 한 번 크게 내쉬었다. 그 옆에 선 요양보호사가 말했다.

"약 처방받으러 오셨어요."

차트를 보니 우리 병원에서 꾸준히 약을 처방받아 온 환자였다. 주로 심장질환 약이었는데, 처음 처방을 받은 곳은 의료원 심장내과였다. 살펴보니 혈압과 심부전 관련 약들이었다. 꾸준히 처방받아 온 약들이라 기본적인 혈압 검사와 상태 문진을 하고 그대로 처방을 해 주면 될 일이었다. 그래서 평소와 같이 처방을 내리려는데 할머니가 말씀하셨다.

"그런데 내가 요즘 숨이 많이 차요. 숨이 너무 차서, 집에서는 가만히 앉아만 있어. 조금만 움직여도 힘들어. 이거 의료원 가 봐야 할까요?"

많은 환자들이 그랬다. 시내 한복판에 있는 의료원은 꽤 멀어서 귀찮기도 하거니와 주차하기도 힘들어했다. 그래서 이 부근에 사는 환자들은 약이 바뀔 일이 없다 판단되면 처방전을 들고 우리 병원으로 와서 그대로 처방해 주길 부탁했다. 할머니도 같은 상황이었다. 특별한 증상이 없었고 간간이 진행하는 혈액검사나 흉부 방사선 사진에서도 별다른 이상이 보이지 않아서, 우리 병원에서도 같은 처방을 내리고 있었다. 그래도 처음 처방을 내린 심장전문의에게 증상 확인은 받아야 하기에 나는 요양보호사에게 적어도 6개월에 한 번 이상은 의료원에 다녀올 것을 권유했었다. 시내 한복판의 복잡한 의료원에 정기적으로 다녀오라는 권유에 할머니와 요양보호사가 난감한 표정을 지었던 것이

기억난다.

그런데 이번에 할머니에게 증상을 들으니 꼭 짚고 넘어가야겠다는 생각이 들었다. 그래서 다시 차트를 봤는데, 이게 나에게만 한 이야기가 아닌 듯했다. 다른 진료실에서 며칠 전 혈액검사와 흉부 방사선 사진 촬영을 한 것이다. 결과를 보니 가슴 사진에는 심장의 비대 말고는 특이한 소견은 관찰되지 않는데, 혈액검사 결과를 보니 심부전을 나타내는 인자가 정상보다 열 배 이상 증가되어 있었다. 나는 요양보호사에게 말했다.

"할머니 의료원에 다녀오셔야겠네요. 증상이 좋지 않아 보이고, 혈액검사 결과를 보니 심부전도 더 안 좋아진 것 같습니다. 심장내과에서 다시 진찰을 받아 보셔요."

요양보호사가 알았다는 듯 고개를 끄덕이는데 옆에서 할머니가 되물으셨다.

"뭐라고요?"

할머니는 귀가 잘 들리지 않기도 하셔서 목소리가 상당히 컸다. 나 역시 큰 소리로 말씀드렸다.

"할머니, 검사 결과가 안 좋아요. 의료원 한번 다녀오셔야겠어요."

귀에 가까이 대고 말씀을 드렸는데도 잘 알아듣지 못

하셨는지 잠시 머뭇거리시더니, 옆에 둔 가방을 들어 무릎에 놓고 무언가를 주섬주섬 꺼내셨다. 가방에서 나온 것은 다름 아닌 작은 다이어리였다. 할머니는 그 다이어리의 표지 안쪽 포켓에 적당한 크기로 네모나게 잘라서 넣어 둔 하얀 종이 하나를 꺼내어 볼펜과 함께 나에게 건네셨다. 받아 보니 달력을 자른 종이였다.

"내가 귀가 잘 안 들려요. 그러니까 여기다가 좀 써 줘요."

내가 워낙 악필인지라 알아보실지 걱정하며, 건네주신 종이에 "증상이 안 좋아요. 의료원 다녀오셔요."라고 써 드렸다. 메모를 읽은 할머니는 나를 보고 되물었다.

"정말 의료원에 다녀와야 해요?"

나는 대답했다.

"네, 꼭 다녀오셔요!"

"거기 다녀오려면 힘든데……."

귀가 잘 안 들리는 할머니의 혼잣말은 모두가 다 알아들을 수 있을 정도로 컸다. 요양보호사의 부축을 받으며 진료실을 나서는 할머니의 걸음은, 굳이 부축까지 해야 하나 싶을 정도로 빠르고 안정적이었다.

할머니가 다녀가시고 열흘 정도 지난 때였다. 할머니가

다시 진료실로 들어오셨다. 걸음걸이는 전처럼 빠르고 안정적이었다. 그런데 이번엔 혼자였다. 진료실에 들어온 할머니는 의자에 앉자마자 전처럼 깊은 한숨을 내쉬었다. 자연스럽게 나는 할머니에게 질문을 드렸다.

"할머니, 의료원에 다녀오셨어요?"

"응? 내가 잘 안 들리니까 크게 좀 말해 줘요."

나는 더 큰 목소리로, 귀에 가까이 대고 물었다.

"의료원 다녀오셨냐고요!"

"아, 다녀왔어요. 갔더니 약을 하나 바꿔 주더라고. 그런데 내가 그 약을 먹고도 아직 숨이 차. 집에서는 힘들어서 가만히 앉아만 있어요. 그래서 물어보러 왔어. 내가 그 약을 먹어야 해요, 말아야 해요?"

"할머니, 바뀐 약이 뭐예요? 처방전 가져오셨어요? 아니면 약이라도 보여 주셔요."

할머니는 잠시 주저하더니 되물었다.

"아니, 의료원에서 약을 바꿔 줬는데 내가 낫질 않아. 그래서 말인데 그 약을 먹어야 해요, 말아야 해요?"

난감했다. 나도 어쩔 수 없이 다시 말씀드렸다.

"할머니! 바뀐 약 좀 보여 달라고요!"

그러자 할머니는 지난번처럼 옆에 내려 두었던 가방을

무릎에 올리고는, 열어서 다이어리를 꺼내고 다이어리 포켓에 꽂힌 달력 종이를 꺼내 나한테 볼펜과 함께 건넸다.

"내가 잘 안 들려요. 여기다 좀 써 줘요."

순간, 잘못하면 난감한 악순환의 고리에 빠질지도 모르겠다는 생각이 들었다. 전화로 접수처의 간호사에게 물었다.

"할머니 환자분 보호자 연락처 없나요? 아니면 지난번 오셨던 요양보호사분은 오실 수 없는지 좀 알아봐 주고, 전화로 연락되면 저 좀 바꿔 주세요."

그런데 돌아온 답을 들으니 더욱 난감해졌다. 할머니가 홀로 살고 계셔서 보호자가 될 만한 다른 가족이 없으며 요양보호사는 연락이 되지 않는다고 했다. 상황을 타개할 만한 뾰족한 수가 보이지 않았다. 어쩔 수 없이 할머니가 건넨 종이에, 알아보지 못하시진 않을지 걱정하며 악필로 요청을 적어 드렸다. "의료원에서 발급해 준 처방전 좀 보여 주세요. 아니면 바뀐 약이라도 좀 보여 주세요."

내 글씨를 알아보신 건지 아닌지, 건네 드린 종이를 본 할머니는 다시 자기 이야기를 시작했다.

"그러니까, 내가 바뀐 약을 먹었는데 아직도 숨이 차고 힘들어. 그러니 그 약을 먹어야 할지 말지 좀 알려 줘요."

이쯤 되니 이제는 숨이 차서 움직이지도 못한다는데 약만 바꿔 주고 환자를 보내 버린 그 심장내과 전문의마저 원망스러워졌다. 입원시켜 검사 좀 하고 경과를 천천히 지켜봤으면 얼마나 좋았을까. 내가 지금 이런 난감한 상황에 빠져야 할 이유가 대체 뭔지, 원망과 답답함이 교차하기 시작했다.

"할머니, 약을 알아야 한다고요! 약이 뭔지 알아야 이야기를 해 드리죠!"

다시 잠시 머뭇거리던 할머니는 다이어리에서 종이 하나를 더 꺼내 내 앞에 놓았다.

"여기 써 줘요. 나 잘 못 들어."

대기 환자들이 점점 많아지고 있었고, 애써 억누르던 답답함이 표정과 작은 행동으로 나오기 시작했다. 어떻게 문제를 해결해야 할지 답이 나오지 않았다. 분명한 것은, 여긴 작은 동네 의원이고 초고령 노인의 심장 문제는 내 전문 분야도 아닌지라 할 수 있는 게 없다는 사실이었다. 의료원에 입원시켜 검사를 해야 할 것 같은데, 의료원의 심장 전문의는 약 하나 바꾸는 간단한 조치만 하고 할머니를 다시 집으로 돌려보냈다. 그리고 할머니는 홀로 내 진료실에 오셔서 자신의 증상과 약에 대해 반복적으로 묻기만

하는 중이다.

결국 간호사가 들어와 할머니를 모시고 나갔다. 요양보호사에게 다시 연락해 보고, 혹시 연락이 닿는 보호자가 있는지도 한 번 더 알아보기로 했다. 그리고 심장에 대해서는 나보다 더 잘 아시는 다른 원장님께 진료를 받은 다음 이후의 조치를 결정하기로 했다.

문제는 아흔이 넘은 할머니가 홀로 병원을 오간다는 점이었다. 귀가 잘 안 들리시긴 하지만 거동이나 일상생활 수행엔 별문제가 없으시니 사실 요양보호사가 없다 해도 딱히 이상할 것은 없었다. 할머니 역시 자신의 아픈 몸을 어떻게든 스스로 해결하고자 하셨을 것이다. 그래도 아직 정정하시니 말이다. 그런데 정작 동네 의원의 의사인 나는 할머니의 모습이 다소 위태로워 보였다. 심부전으로 인한 호흡곤란을 호소하는 초고령 할머니의 모습에서 위태로움을 느끼는 사람은 오로지 나와 병원 사람들뿐인가 싶었다.

독립적이고 스스로 정정하다 생각하는 초고령 할머니의 적극성은 의도치 않게 주변을 난감하게 만들고 있었다. 홀로 살아가는 사람들이 점점 많아지고 있고 노령인구 역시 급격히 증가하고 있는 오늘날, 어째서 초고령의 할머니가 타인의 적극적이고 지속적인 도움 없이 홀로 다니고 계신 것일까. 사실 진짜 답답하고 난감한 사람은 내가 아닌 할머니시겠다는 생각이 문득 들었다.

들불축제에 가야 했던 남자

일요일 아침, 응급실 문을 열고 들어서자 그가 보였다. 그는 숨쉬기가 힘들어 침대에 눕지 못하고 앉아 있었다. 내가 다가가자 그가 고개를 돌려 검고 커다란 두 눈으로 나를 바라보았다. 가무잡잡하고 주름진 얼굴, 피곤하고 기력이 없는 모습으로 나를 보는 시선에 '저 사람이 나를 봐줄 사람인가?' 하는 기대와 조급함이 어려 있었다.

한눈에 이 남자가 아침에 보고받은 환자란 걸 알 수 있었다. 인턴 선생님은 전화 보고에서 기흉이라 이야기했다. 깡마른 몸으로 버겁게 호흡하며 앉아 있는 모습이 전형적인 기흉 환자의 모습이었다. 그의 시선을 뒤로하고 나는 잠시 스테이션에서 인턴 선생님과 이야기를 나누며 차트와 방사선 사진을 확인한 뒤에 다시 환자에게 다가갔다.

그의 시선은 버거움, 불안함, 피곤함으로 가득 차 있었다. 50대 초반인 그는 과거 결핵을 앓은 적이 있었는데, 지금 그를 힘들게 하는 것은 기흉이었다. 오른쪽 폐가 짜부라져 아무 의미 없는 공기로 가득했다. 호흡곤란을 해결하기 위해서는 흉강 내에 손가락 두께의 굵은 호스를 집어넣어 짜부라진 우측 폐를 펴 주어야 했다. 호스를 집어넣고 우측 폐가 펴졌음을 확인한 뒤에는 기흉을 유발할 만한 다른 원인이 있는지 검사를 진행해야 한다. 나는 그런 일련의 치료 과정을 담담하고 조금은 무뚝뚝하게 설명했다. 이는 치료자로서 균형을 잡고자 하는 내 오랜 습관이었다.

나의 설명을 들은 환자는 어느 정도 이해를 한 듯 보였다. 그러나 그의 눈동자는 심히 흔들리고 있었다. 무엇 때문일까. 앞으로의 치료 과정이 자신에게 줄 고통 때문일까, 아니면 보호자도 없이 혼자 일요일 아침에 응급실 침대에 앉아 있기 때문일까. 혹시 간단한 처치로 끝날 일이 아님을 깨닫고 치료비를 걱정하는 것일까. 그의 불안과 나의 의문이 잠시 뜸을 들이며 교차할 때 그가 먼저 입을 열었다.

"그럼 전 얼마나 오래 입원해 있어야 하는 겁니까?"

"일주일 정도는 생각하셔야 합니다."

나의 대답에 그는 더 불안해하기 시작했다. 흔들리는 시선으로 바깥을 바라보는데, 그의 관심이 병원과 응급실 밖에 있는 느낌이었다. 내가 물었다.

"왜 그러십니까? 무슨 이유로 불안해하시는 거죠?"

"들불축제 때 팔 물건을 백만 원어치나 떼어 놨는데 그렇게 오래 입원해 있으면 저는 어떡해야 하나요. 저 그거 못 팔면 안 돼요."

새별오름에서 매해 열리는 들불축제가 일주일 정도 남은 때였다. 그래서 축제 때 좌판을 벌일 준비를 하고 있었는데 하필 한창 바쁜 때 우측 폐가 풍선 바람 빠지듯 쪼부라져 버린 것이다. 쪼부라진 그의 폐가 응급실에서 당장 뛰쳐나가지 못할 만큼 그를 아프게 했고, 아픈 몸에 매인 그의 삶은 그 자리에서 그대로 멈춰 버렸다.

멈춰 버린 삶은 그리 넉넉해 보이지 않는 그의 현실 위에 또 하나의 무거운 짐을 얹었다. 나는 어쩔 수 없이 그의 멈춰 버린 삶과 현실을 외면해야 했다. 그래야 그의 몸이 나을 수 있고, 그래야 잠시 멈춘 삶이 다시 움직여 그 짐을 덜어 낼 수 있기 때문이었다. 나는 당장 그의 걱정과 불안을 해결해 줄 수 없었고, 그것이 그가 처한 현실이었다.

나로선 설득할 수밖에 없었다. 그를 입원시켜야 했고, 그의 우측 흉강 내에 굵직한 호스를 박아 넣어야만 했다. 그렇게 그를 붙들어 놓는 것이 의사로서 할 수 있는 가장 합리적인 행동이었고, 올바른 결과를 도출하는 방법이었다. 그런데 이것은 어찌 보면 일방적인 행위다. 의사의 의학적 판단이 때론 환자에게 강압적인 모습으로 다가갈 수 있다. 특히 응급실이라는 특수한 환경에서는 더욱 그렇다. 합리적 판단을 내릴 수 없는 상황에 처한 환자가 많기 때문이다. 통증과 불안은 사람을 그렇게 만드는 법이다.

다행히 그는 나에게 자신의 옆구리를 내주었고, 나는 원칙에 따라 그의 우측 흉강 내에 손가락 굵기의 호스를 박아 넣었다. 호스가 옆구리를 파고 들어가며 그에게 새로운 통증을 선사했지만, 덕분에 숨쉬기는 편해졌다. 그 처치로 그와 나는 한고비를 넘겼다. 그런데 혈액검사 결과가 좋지 않았다. 간 수치가 정상 수치보다 다섯 배 이상 높은 상태였다. 이런 경우 대부분 술이 원인이다. 거칠고 피곤해 보이는 그의 얼굴 때문에 술이 원인일 것이라는 의사의 직감이 고개를 들었다.

"피검사 결과를 보니 간 수치가 너무 높아요. 혹시 술 많이 하셨어요?"

"아니, 뭐… 옆에 있는 사람들 마시는 만큼 마셨죠."

옆구리는 좀 아파도 숨쉬기가 편해지니 한결 살 것 같다는 표정이었는데, 그 표정이 너무 순박해 보였다. 그 순박함은 술을 '다른 사람들 마시는 만큼' 마셨다는 대답과 썩 어울리지 않았다.

"얼마나 마셨는데요?"

"하루에 소주 두 병 정도 마셨어요. 다들 그 정도는 마시길래 저도 마신 거예요."

순박한 모습으로 남들 마실 때 같이 마셨단다. 혈기 넘치는 시절도 아닌 삶의 중후반에 남들 따라 열심히 입에 털어 넣은 소주가 그에게는 어떤 의미였는지 궁금했다. 노곤한 삶의 위로라는 흔한 이유였을까, 아니면 모질지 못한 성정으로 비슷한 삶을 사는 사람들 옆에 함께 서고자 했던 의지였을까. 높은 간 수치에 내가 당장 해 줄 수 있는 일은 처방약에 간보호제를 추가하는 일 정도였다. 그는 입원 수속을 마치고 입원 병동으로 올라갔다. 나의 화창한 일요일 오전은 그렇게 비어 버린 흉강 안에 호스를 박고 환자를 입원시키는 일로 지나갔다.

그가 들불축제에 장사를 나가는 일은 불가능한 일이었다. 치료 기간이 축제일을 훌쩍 넘길 것이 분명했기 때문이다. 그 탓에 그는 떼어 놓은 물건만큼 고스란히 손해를 보아야 했고, 그것은 어쩔 수 없는 일이었다.

나는 그저 그가 되도록 빨리 회복하여 다시 장사를 시작하길 바라고 있었다. 높은 간 수치 때문에 시행한 간 초음파 촬영에서 알코올성 간염으로 생각된다는 진단이 나왔으니 어서 회복만 하면 되었다. 그런데 그는 그러지 못하고 새로운 고비를 만나 버렸다. 알코올진전섬망이 나타난 것이다.

꾸준하게 들어오던 알코올이 중단되면 금단증상이 시작되며, 어느 순간부터 환자는 지남력을 잃고 의식에 혼란이 오면서 자기만의 세계에 빠져 버린다. 타인의 시선에서는 긴장, 흥분과 혼란으로만 보이는 몸부림이 며칠간 이어지는데, 그동안 알코올진전섬망 환자는 무의식 세계를 여행한다. 정작 환자 본인은 아무것도 기억하지 못하는 그 기간 동안에는 어쩔 수 없이 환자를 독립된 공간에 격리하고 회복을 기다려야 한다. 그의 퇴원은 그렇게 알코올의 세례에서 벗어난 삶에 적응하려는 전신반응으로 더욱 늦어지고 있었다.

그는 계속 자기만의 세계를 여행하고 있었다. 현실의 그는 몸통과 팔다리가 묶인 채로 침대 위에서 벗어나려 땀흘리며 몸부림쳤지만, 그의 의식은 섬 어딘가를 돌아다니고 있는 중이었다. 기다림의 시간이었다. 그의 의식이 여행을 마치고 다시 침대 위의 몸으로 돌아오기까지의 기다림. 시간은 천천히 흘렀고 나는 순간순간이 안타까웠다.

안타까움 속에 아침에 시행한 혈액검사와 흉부 촬영 결과를 확인하고 회진을 갔는데, 초점을 잃은 눈으로 몸부림치는 그의 옆에 처음 보는 여인이 서 있었다. 그의 곁에 처음으로 선 사람이었다. 그때까지 나와 그 사이에 끼어든 사람은 아무도 없었다. 누군지 궁금했지만 물어보지는 않았다. 분명한 건 가족은 아니라는 점이었다. 그녀는 안타까운 눈빛으로 그에게 나직하게 말을 걸고 있었다. 병문안을 왔는데 자신이 도울 수 있는 일이 아무것도 없음에 민망했는지 들고 온 음료수를 들고 뚜껑을 열어 그에게 건네주려고도 했다. 그러나 그는 여전히 초점 없는 눈으로 자신만의 여행을 하고 있었다. 자신 곁에 서 있는 이를 의식하지 못한 채, 구속된 상태에서 벗어나기 위해 몸부림을 치면서 말이다.

"지금 말씀하셔도 누가 왔는지, 무슨 말을 했는지 기억 못 하실 겁니다. 음료수를 마시는 것도 위험할 수 있어요. 섬망에서 회복되어야 드실 수 있을 겁니다."

잠깐 동안 두 사람을 스테이션에서 바라보다가, 그녀에게 다가가 환자의 상태를 설명했다. 내가 생각해도 너무 건조한 말이었다. 기다림의 답답함 때문이었을지도 모르겠다. 나의 설명에 그녀는 알았다며 밝게 웃었다. 아니, 밝게 웃으려 했다. 나는 나직하고 차분하게 병원에 입원한 이유, 그간의 경과를 설명했다. 설명을 듣는 내내 그녀는 밝은 표정을 유지하려 애썼다. 설명이 끝나자 그녀는 환자를 돌아보았다. 그를 바라보는 그녀의 표정에 안타까움이 배어 있었다. 그러다 다시 나를 돌아보며 밝은 표정으로 말했다.

"잘 부탁드립니다."

그녀는 고개를 재빨리 환자 쪽으로 돌렸다. 그러곤 손으로 얼굴을 가리며 눈물을 훔친 뒤 아무런 말 없이 그를 바라보았다. 그 모습에서 두 사람 사이의 가볍지 않은 시간이 느껴졌다. 초점 없는 눈빛으로 알 수 없는 말을 웅얼거리며 침대 위에서 몸부림치는, 뼈와 가죽만 남은 듯한 창백한 남자와 그 옆에 서서 눈물을 훔치는 여

자. 둘 사이의 보이지 않는 끈에 아득한 고단함이 매달려 흔들리고 있었다.

시간은 흘렀고 그는 섬망에서 깨어났다. 다행히 기흉도 빠르게 회복되어 튜브를 제거하고 약간은 살이 붙은 모습으로 퇴원할 수 있었다. 그가 그녀의 눈물을 뒤늦게 알게 되었는지는 모른다. 그가 섬망에서 깨어난 후에는 그녀나 다른 보호자들이 찾아오는 모습을 직접 볼 수는 없었다. 어찌 됐건 그는 다시 바깥으로 나가 구멍 난 삶을 메우고 입원 전 살아오던 모습 그대로 삶을 이어 갔을 것이다.

내가 할 수 있는 이야기는 딱 여기까지이다. 혹시 그럴 수 있을까. 어느 축제장 한편에서 물건이나 먹을거리를 벌여 놓고 앉아 있는 그를 만나 웃으며 요즘은 건강하게 잘 지내시는지 인사를 건넬 수 있을까. 순박한 표정의 그가 거친 손으로 건네는 무언가를 받아 들며, 이어지는 그의 삶을 잠깐이나마 느낄 수 있기를 바라 본다.

상처에 담긴 세상

아직 스물이 채 되지 않은 남자 환자 둘이 여름 해가 기우는 저녁에 대기 환자 명단에 나란히 올랐다. 특별한 일은 아니었다. 감기 증상이 있거나 낮에 친구들과 운동을 하다가 손가락이 꺾였는데도, 학교에서 공부를 하거나 일을 하다가 느지막이 병원을 찾는 청소년 환자들이 종종 있기 때문이다. 그런데 이 둘은 달랐다.

진료실에 들어서는 모습을 보고 나는 순간 놀랐다. 호리호리한 체구에 큰 키를 더욱 커 보이게 하는 반바지 반팔 티셔츠 차림이었는데 몸 곳곳에 상처가 보였다. 완만하게 튀어나온 신체의 부분들, 그러니까 광대, 팔꿈치, 손목, 골반, 무릎, 발목의 복사뼈와 발꿈치 등에 둥근 모양으로 파인 상처가 있었고, 상처 주변의 피부는 일정한 방향으로 쓸려 있었다. '아, 오토바이 사고구나.' 확인을 위해서 언제 어떻게 다친 것인지를 간략하게 물었고, 심각한 근골격 통증이 없음을 확인한 뒤에 바로 처치실로 들여보냈다.

사고는 하루 전날 새벽에 일어났다. 단독으로 발생한 사고였고, 움직일 만하니 집에 돌아가 실컷 잠을 잔 뒤에 뒤늦게 병원을 찾은 것이었다. 그렇다 보니 아무런 응급처치나 드레싱을 하지 않은 상처들에 피와 돌가루 같은 것들이 엉겨 굳어 있었다. 식염수 거즈로 상처들을 덮어 잠시 불린 뒤에 과산화수소를 묻힌 거즈로 조금 거칠게 닦아 냈다. 환자는 미칠 듯이 아픈 표정을 지었다. 그러면서도 어떻게든 참아 보겠다고 입을 꾹 다물고 주먹을 꼭 쥔 채 온몸에 힘을 주고 있었다. 곳곳에 엉긴 피딱지와 오물들을 제거하고 연고를 바른 뒤 드레싱 폼을 붙여 밀봉했다. 드레싱을 하는 일은 마치 디자인과 같아서, 모양과 크기를 가늠하며 드레싱 폼을 가위질해야 한다. 드레싱 반창고를 그 위에 붙이는 일 역시 재단의 미학과 움직일 때 떨어지지 않도록 하는 역학이 필요한 작업이다. 사지 곳곳과 얼굴의 많은 부분을 덮어야 했던 드레싱 작업은 그렇게 오랜 시간에 걸쳐 마무리되었다.

　두 번째 환자도 마찬가지였다. 얼굴만 다르지 체구도 옷차림도 비슷한 청년이 같은 상처를 보이며 진료실로 들어섰다. 앞의 환자와 같이 온 거냐고 물었더니 그렇다고 했다. 바로 처치실로 들여보내 상처를 살피는데 왼쪽 손목을 움직일 때마다 심하게 아파했다. 그래서 방사선 사진을 찍었다. 골절은 없어 보였는데, 척골 말단부가 손목에서 조금 이탈한 듯 멀어져 있었다. 증상을 고려해 봤을 때 인대의 심각한 손상이 의심되었다. 이 환자 역시 긴 시간 고통스러운 드레싱 과정을 거쳤다. 정밀검사와 추가 치료를 위해 상급 병원으로 보내기 전에 왼쪽 손목에 부목을 대어 주었다. 부목을 굳히고 붕대를 감으며 물었다.

　"두 사람 오토바이 탔어요?"

　"네."

　"무슨 오토바이? 취미가 오토바이 타는 거예요?"

　"아니요, 그냥 배달 오토바이요."

　"그럼 이거 배달하다가 사고가 난 거예요? 보험이나 보상 처리는 신청했어요?"

　"아니요, 일 마치고 둘이 새벽 라이딩 하다가 미끄러져서 이렇게 된 거예요."

두 사람은 자정이 넘어 배달 일을 마치고 새벽 도로를 달리며 해방감을 맛보고 싶었을 것이다. 제대로 된 보호 장비 없이 말이다. 헬멧은 착용했을까? 어쨌든 심각한 추돌이나 인명 사고는 없었으니 다행이지만, 둘의 상처는 가벼움과 심각함 사이 어느 지점에서 환자와 치료자를 괴롭게 했다.

오토바이 사고는, 한마디로 알 수 없다. 다친 사람도 치료자도 다친 부위를 놓치기 쉽다. 아주 오래전 유명한 남성 댄스 듀오의 한 멤버가 오토바이 사고로 응급실에 실려 갔는데 심각한 척수손상을 뒤늦게 발견해 결국 하반신 마비가 된 일이 있었다. 사람들은 어떻게 그런 일이 발생할 수 있냐 화내고 안타까워했지만, 오토바이 사고였기에 나는 어느 정도 이해할 수밖에 없었다.

다발 부위에 경미한 찰과상을 입은 오토바이 사고 환자에게 드레싱을 할 때의 일이다. 처치실에서 오랜 시간을 들여 드레싱을 마쳤는데, 옆에서 도와주던 간호사가 "원장님, 이쪽 남았어요."라며 환자의 팔꿈치 뒤쪽을 가리켰다. 뒷부분이라 보이지 않았을 수도 있겠지만 놓치기 힘들 정도의 큰 상처였다. 그래서 환자가 왜 말을 안 했는지 의

아해하며 드레싱을 하려 하자, 환자가 "어? 여기에도 상처가 있었네?" 하며 스스로 놀라고 있었다.

확실히 최근 제주 도로에 오토바이가 많아졌다. 동호회가 육지에서 내려와 단체로 오토바이를 몰며 여행을 하기도 하고, 젊은 커플이 작은 스쿠터에 앞뒤로 타고 도로 한편에서 아기자기하게 달리기도 한다. 그런데 무엇보다 많이 보이는 것은 단연 배달 오토바이다. 저마다 소속 회사 로고가 박힌 박스를 실은 채, 시간이 생명이라 여기고 좁은 골목 사이사이를 내달리는 오토바이를 보면 위태로움이 느껴진다. 주말 저녁 반려견을 데리고 동네를 산책하고 있노라면 강렬한 LED 조명을 직선으로 쏘아 대며 달리는 오토바이를 수시로 목격하게 되는데, 반려견도 예민해지고 나 역시 긴장되는 순간이라 그럴 때면 목줄을 짧게 쥔다.

기획재정위원회 김주영 의원이 근로복지공단으로부터 받은 자료에 따르면, 2020년 교통사고를 당한 퀵서비스 기사의 산재 신청 건수는 1047건, 승인 건수는 917건이었다. 불과 3년 전인 2017년 산재 신청 건수가 221건, 승인 건수가 210건이었던 것을 생각하면 엄청난 증가세다. 같은 기간 사망사고 산재 승인 건수도 다섯 배 이상 증가했다.

정책과 승인 요건도 조금 변했겠지만, 분명한 것은 그만큼 퀵서비스 사고 자체가 증가했다는 사실이다. 그리고 환경노동위원회 한정애 의원이 고용노동부로부터 받은 자료에 따르면, 2016년부터 2019년 6월까지 18~24세 청년층 산재 사고 사망자 72명 가운데 33명이 배달 사고로 사망했다고 한다. 당연한 얘기지만 우리가 익히 알고 있는 유명 플랫폼 업체들에서 사고 발생이 많았다.

오토바이 자체가 위험하다고 말하고 싶은 것은 아니다. 오토바이를 즐기는 사람들 대다수가 보호 장구를 제대로 착용하고 교통법규를 준수한다. 그리고 오토바이가 자동차보다 사고율이나 사고 사망률이 높기는 하지만, 생각보다 큰 차이는 나지 않는다고 한다. 그러나 통계가 보여 주듯 오토바이 사고가 점차 증가하고 있다. 안 그래도 생계를 위해 오토바이를 타는 사람들이 증가하던 차에 코로나19 팬데믹이라는 미증유의 사태가 상황을 더욱 키웠다. 그러니까, 지금 오토바이를 타다 사고를 당하는 사람들은 무리 지어 값비싼 오토바이를 타고 달리며 도로 위에서 해방감을 느끼는 이들이나 낭만을 느끼기 위해 연인과 아기자기하게 드라이브를 하는 이들이 아니라는 것을 통계가 분명히 말해 주고 있는 것이다.

배달 기사는 음식을 받아 들면 오토바이를 타고 주문한 이에게 되도록 빨리 달려가야 한다. 밤이건 낮이건 한여름이건 한겨울이건, 눈과 비에 아랑곳하지 않고 달린다. 사고가 나도 몸보다 배달 음식과 자신의 생계가 걱정이다. 그런 와중에 어떤 이들은 이렇게 말한다. 세상이 점점 어려워지는데 배달 일이 많아져서 그거라도 할 수 있는 게 얼마나 다행이냐고 말이다.

상처가 얕지 않고 표면을 덮은 지저분한 딱지들이 완벽하게 제거되지는 않아서 몇 번은 봐야겠구나 싶었다. 그래서 내일도 드레싱 하러 오라고 말했는데, 한 환자는 그후로 병원에 오지 않았다. 손목을 고정해 주며 날이 밝으면 바로 큰 병원에 가서 정밀검사를 받으라고 했는데 병원에는 갔는지, 치료는 잘 받았는지 걱정이 됐다. 둘 다 10대 특유의 객기가 느껴져서 처치를 이어 나가지 못하는 상황이 안타깝기만 했다.

나는 여전히 오토바이 사고가 무섭다. 내가 사는 동네와 병원 주변의 좁은 길을 빠르게 달리는 배달 오토바이를 볼 때마다 걱정이 앞서는 것도 어쩌면 직업병일지 모르겠다. 그리고 안전 장비도 제대로 갖추지 않은 채 위험하게 달리거나 질주를 즐기는 혈기 가득한 젊은 친구들의 모습에서 안타까움을 느낀다. 나는 그저 진료실과 처치실에서 오토바이를 타다가 다친 환자의 치유를 도울 뿐인 일개 동네 의사이지만, 꼭 그 상처 안에 내가 사는 세상이 담겨 있는 것만 같아 나와 무관한 일로 느껴지지 않는다.

코로나19 시대
동네 의사의 소고 2

1

이탈리아 철학자 조르조 아감벤은 마스크를 쓰는 일은 인간의 정치적 행위를 포기하는 일이라고 말하며 마스크를 벗어야 한다고 주장했다. 인간의 얼굴은 동물들과 달리 정치의 영역이라는 것이 그 주장의 근거였다. 생존과 사회의 유지가 최우선적 목표가 된 팬데믹 시대에 이런 주장을 들으니 정말 어처구니없었다. 사태의 심각성을 제대로 파악하지 못한 헛소리임은 분명했지만, 그럼에도 생각해 볼 만한 내용은 존재했다.

마스크를 쓴 이후로 아이들이 상대의 얼굴이나 표정을 이해하는 능력이 떨어지고 있다는 연구 결과들이 나오고 있다. 이해와 교감을 위해 소통을 할 때 미세한 표정과 입의 움직임 그리고 태도와 분위기를 읽을 필요가 있는데, 그러한 요인들이 드러나는 영역인 얼굴이 반쯤 가려진 상태이니 교감 훈련이 제대로 이루어질 수 없었을 것이다. 이런 점에서 얼굴이 정치의 영역이라는 아감벤의 말을 의식하지 않을 수 없다.

청각장애가 있는 환자들을 마주하면서 구태여 마스크를 내리고 입 모양과 표정, 태도를 보여 주는 일이 팬데믹 시대의 지침에 맞지 않는 행동일 수 있다. 그러나 나는 글을 써서 대화하다가도 마지막엔 반드시 마스크를 내리고 환자에게 직접 말로, 표정으로, 태도로 설명해 주고 있다. 환자들과 교감하고, 그들의 눈에 서린 불안을 해소해 주기 위해서다. 생존과 사회 유지가 최우선이 된 시절을 지나고 있지만, 그래도 우리가 놓치고 있는 것은 없는지 돌아볼 필요가 있다. 또한 우리의 행동과 인식의 변화가 앞으로 우리 자신에게 미칠 영향은 무엇인지도 함께 고민해야 한다.

2

팬데믹은 비닐과 플라스틱이 주종인 일회용품의 무분별한 사용에 대한 우리의 반성을 송두리째 무너뜨렸다. 코로나19 팬데믹 직전까지만 해도 우리는 환경문제에 관심을 가지며 일회용품 규제에 자발적으로 동참하곤 했다. 그러한 선언과 노력이 팬데믹 시작과 동시에 자취를 감췄다. 버려지는 플라스틱이 연간 몇만 톤이고, 바다에 떠도는 비닐과 미세플라스틱이 해양생물에 어떤 해악을 끼치는지에 대한 이야기는 어디 갔을까. 마스크는 바닥에서 나뒹굴다가 날아다니는 새의 다리에 걸렸고, 수많은 일회용품들이 무분별하게 버려졌다.

거리 두기 또한 하나의 풍경을 만들어 냈다. 배달 수요가 폭증하면서 배달 앱이 활성화되었고, 동네엔 배달 오토바이들이 수시로 돌아다녔다. 배달은 시민들에겐 사람들과 부대끼지 않으면서 안심하고 외식할 수 있는 방법이었고, 자영업자들에겐 영업 제한 정책에 대응하는 방법이었다. 배달 음식은 맛이 별로라는 말도 점점 줄었다. 오히려 식당에 가서 기름을 뒤집어 쓰지 않고도 삼겹살이나 곱창을 거의 같은 맛으로 즐길 수 있게 되었다.

그런데 몇십 분 내에 집으로 원하는 음식이 배달되는 편리한 세상이 만들어짐과 동시에 한편에서 일회용품들이 쌓여 갔다. 음식을 담는 용기와 일회용 수저, 그리고 이를 감싸는 비닐봉지. 먹고 나면 모두 버려지는 것들이다. 배달이 점점 활성화되는 만큼 일회용품 쓰레기도 폭증했다. 환경에 대한 생각과 일회용품 사용을 줄이자는 제언은 팬데믹 시대 인간의 생존을 위한 필수적 행동 지침인 거리 두기와 영업 제한 등에 가려지고 말았다.

3

편리는 어떻게 만들어지는가. 우리는 핸드폰을 켜고 배달앱을 실행해 메뉴를 고르고 주문 버튼을 누르며 세상 참편해졌다는 감탄을 연발한다. 모두 알겠지만, 음식이 눈앞에 뿅 하고 나타나는 것은 누군가 오토바이를 타고 달려 우리가 주문한 음식을 문 앞까지 가져다주기 때문에 가능한 일이다.

배달 기사들은 종일 오토바이를 타고 달린다. 배달 앱회사와는 상관없는 배달업체에 등록을 하고, 오토바이를 비롯한 다양한 장비를 본인 돈으로 구입하거나 임대한 뒤개인사업자가 된다. 배달을 하고 받은 돈 중 일부를 배달업체에 지불하고 자비로 보험에 가입한다. 오토바이 사고

율이 높다는 점은 자신이 선택한 직업과 넘치는 일 앞에서 고려할 요소가 아니다. 그렇게 우리는 동네를 질주하는 배달 오토바이들을 목도한다. 건수로 수익이 정해지는 개인사업자가 된 이상, 이들은 한 건이라도 더 처리하기 위해 위험을 무릅쓰며 과속을 마다하지 않는다. 주문한 음식이 빨리 오지 않으면 너무나도 쉽게 부정적인 후기를 올리면서, 음식을 빨리 배달하려 위험천만하게 내달리는 배달 오토바이에는 비난을 서슴지 않는 우리가, 정말 이에 대해 일말의 책임도 없다고 말할 수 있을까.

누군가 그렇게 위험을 무릅씀으로써 우리가 누리는 편리가 탄생한다. 물론 우리가 의도한 상황은 아니다. 그러나 이 문제와 우리의 편리가 분리되어 있다 생각해선 안 될 일이다. 방역 지침에 따른 거리 두기와 영업 제한이 불러온 무분별한 일회용품 사용, 일상화된 배달 문화가 유발한 새로운 위험. 팬데믹은 이러한 문제를 망각하거나 애써 외면하는 데 있어 좋은 핑곗거리가 되고 있다.

팬데믹의 끝이 보이고 있다고 한다. 반가운 일이다. 더 길어지지 않아 다행이다. 우리는 전염병과의 싸움에서 유의미한 성과를 얻어 냈다. 그런데 한편으로 팬데믹이 종식

되고 어떤 이야기가 나올지 벌써 두렵다. 아직은 긴 터널 안에 있는 우리에게 필요한 것은, 망각했던 것들을 되돌아보는 일 그리고 지금 우리가 겪는 크고 작은 변화들이 우리에게 어떤 영향을 끼칠지에 대해 고찰하는 일이 아닐까 싶다.

죽음에의 지분

그의 배꼽 주변을 절개하여 구멍을 만든 후 포트를 설치하고 가스를 주입하여 배를 팽창시켰다. 가스가 충분히 들어갔음을 타진으로 확인한 후 복강경 카메라를 포트를 통해 배 속으로 밀어 넣었다. 그리고 그의 간 주변을 관찰하기 시작했다. 간은 이미 표면이 우툴두툴하게 변하며 경화가 진행되어 있었다. 담낭이 있을 것으로 생각되는 부위를 살펴보니 심한 염증으로 장막과 주변 장기들이 간에 단단하게 들러붙어 있었다. 배에 두 개의 구멍을 더 낸 다음 포트를 추가로 설치하고 기구들을 사용하여 들러붙은 장기들을 조심스레 떨어뜨렸다. 순간 고여 있던 농양이 흘렀다. 흡입기로 농양을 제거하자 괴사되어 터진 담낭 벽이 얇은 종잇장처럼 너덜거렸다. 남은 담낭 조직들을 제거한 후 주변을 정리하고 씻은 다음 수술을 마쳤다.

술만 마셨다는 60대 중반 남자의 배 속은 그렇게 엉망이 되어 있었다. 보호자는 없었다. 수술을 마친 후 그는 중환자실에 누웠다. 배 속의 심각한 염증을 제거하자 환자도 서서히 회복하는 듯한 모습을 보였다. 그런데 진짜 문제는 망가진 간의 기능이었다. 다시 간 기능이 악화되며 그는 간성혼수에 빠졌다. 수술을 받은 지 3주가 지난 시점이었다.

결국 그는 회복하지 못했다. 그가 사망하기 한 시간 전, 가까스로 연락이 닿은 아들이 중환자실에 들어왔다. 그간의 경과를 설명한 뒤 곧 사망하실 것 같다고 말했다. 아버지의 의식과 눈빛이 자신에게 닿지 않는데도 아들은 덤덤했다. 그들의 사정을 알 수 없었지만, 곧 숨이 멎을 아버지와 그런 아버지를 말없이 바라보는 아들 사이의 기류가 꽤나 무거우면서도 건조했다. 외로움도 슬픔도 없는 임종. 너무 메말라 갈라지다가 툭 하고 끊어져 떨어지는 것 같았다.

죽음을 많이 접했다. 자연스러운 죽음도 있었고 안타까운 죽음도 있었다. 때론 어쩔 수 없는 현실에 가슴 아파했고, 때론 끊임없이 과거를 되돌아보며 고뇌했다. 나는 사망을 선고하며 죽음을 결론 내리는 사람이었다. 그러면서 수도 없이 죽음을 목격했기에 익숙해질 법도 한데, 도무지 익숙해지지 않는다. 사망한 환자의 사정을 알면 알수록, 그 사정이 나와 무관하지 않을수록 나는 우울에 시달리며 환자가 숨 쉬었던 시간을 끊임없이 되새김질하게 되었다. 타인의 죽음은 언제나 내 마음에 작은 생채기를 남겼고, 그것이 외과의사로서 피할 수 없는 운명처럼 느껴졌다.

죽음의 모습은 산 자들의 모습만큼 다양했다. 그리고 죽음에 대한 산 사람들의 반응도 다양했다. 추모와 애도는 단지 일부에 지나지 않았다. 길을 지나다 시비가 붙어 목숨을 잃은 젊은 청년의 주검 앞에서 어머니는 어떤 말도 하지 못하고 혼절했다. 내과 선생님과 함께 둘이서 임종을 지켜야만 했던 어느 환자가 있었는데, 뒤늦게 찾아온 보호자들은 의료 과실 여부를 추궁하기에만 바빴다. 안 그래도 가난한데 도와주는 사람 하나 없다며 신세를 한탄하던 50대 대장암 환자는 수술 전후로 끊임없이 불평을

늘어놓으며 치료를 따르지 않다가 결국 패혈증에 빠져 아무도 없는 병실에서 숨을 거두었다. 유방암 수술 후 수많은 항암 치료에도 전이 병변이 사라지지 않고 결국 뇌에까지 전이가 되었음을 알게 된 할머니는 나에게 "이제 나 먹고 싶은 것 많이 먹어도 되죠?"라고 물으며 옅은 미소를 지었다. 위암이 폐로 전이되어 마지막 가쁜 숨을 몰아쉬던 환자가 자신을 치료한 의료진들을 불러 "그간 감사했습니다."라고 분명하고 짤막하게 인사한 뒤 몇 분 후 숨을 거둘 때에는, 피곤에 절어 있던 나의 가슴속에서 무언가가 뜨겁게 철렁이다 떨어졌다.

　존중받지 못한 죽음도, 갑작스러운 죽음도 있었다. 죽음으로 접어드는 이의 주변에 누군가가 있기도 했고 없기도 했다. 때론 그것으로 그 사람의 삶이 평가되기도 했다. 죽음의 영역으로 들어서는 순간 곁을 지키던 이들의 얼굴에는 슬픔이 드리우기도 했고, 무거운 짐을 내려놓기라도 한 듯 홀가분함이 어리기도 했다. 눈앞에 있는 이의 죽음이 자신에겐 그다지 큰 의미를 주지 못한다는 듯 건조한 표정을 짓던 혈육도 있었다. 삶과 죽음의 모습은 이처럼 다양했다. 아니, 죽음 옆에 선 산 자들의 표정은 이처럼 다양했다.

죽음은 평등하다. 냄새나고 지저분한 상태로 실려 들어오는 노숙자의 외로운 육신과 화려한 특급 병실의 깨끗한 침대에서 온 가족에 둘러싸여 죽음을 맞이하는 부유한 노인의 육신은 그리 다르지 않다. 삶이 불가항력인 이상 마지막 모습에 행과 불행의 딱지를 붙일 수도 없다. 그저 산 자로서 조용히 배웅할 뿐이다.

나는 임종의 그 순간에 무미건조하게 상황 설명만 했을 뿐 다른 말을 덧붙이지 못했다. 그러나 나의 마음은 끓는 물처럼 우울함과 버거움의 기포들이 뜨겁게 부글거리고 있었다. 마지막 숨을 쉬고 있는 환자의 몸 어딘가에 내 손길의 흔적이 남아 있기 때문이다. 나는 이 환자의 죽음에 얼마만큼의 지분이 있는가. 통증은 조금 더 예리해진다.

길에서 마주한 죽음

이틀 연달아 죽음을 마주했다. 무료함과 지겨움으로 가
득 찬 출근길 도로 위에서, 나는 전방을 주시하지 못하고
죽음에 눈길을 보내고 있었다.

한참 잘 달리던 앞차들이 갑자기 비상등을 켜고 속도
를 줄였다. 평소에도 좀 밀리는 구간이긴 했지만 그날따
라 유독 심하게 밀리고 있었다. 사고가 났나 싶어 앞차의
꼬리를 물고 천천히 따라가는데, 중앙선 너머 맞은편 1차
로 저 멀리에 경찰차가 경광등을 반짝이며 서 있었다. 역
시 사고가 난 듯했다. 좀 더 가까이 다가가 보니 경찰차

앞 도로 위에 무언가가 파란 방수 천으로 덮여 있었고 주변에 파편들이 흩어져 있었다. 살점이었다. 처음엔 천에 덮여 있는 것이 사람인지 동물인지 알 수 없었다. 그런데 현장에 다다르니 그것이 사람의 것임을 어렵지 않게 알 수 있었다. 파편처럼 널려 있던 것은 떨어져 나온 두피의 살점이었다. 시선을 잠시 빼앗겼지만, 이내 그 처참한 현장에 눈길을 보내기가 어려워졌다. 응급실과 수술실에서 처참한 광경을 수없이 많이 마주했지만, 병원이 아닌 바깥에서 수습되지 않은 인간의 파편을 보는 건 나에게도 쉽지 않은 일이었다.

다음 날엔 출근길 내내 비상등을 켠 장례 행렬 차량과 함께 달렸다. 맨 앞에서 고급차를 개조한 검은 영구차가 달렸고 미니버스와 승용차 몇 대가 그 뒤를 따랐다. 비상등을 켜고 달리는 차량의 행렬이 마치 하나의 거대한 트레일러 같았다. 보이지 않는 경계가 둘러쳐진 듯해서 사이에 끼어들 수도 추월할 수도 없었다. 나는 그렇게 한동안 그들과 함께 달렸다. 어둠이 말끔히 사라지지 않은 축축하고 을씨년스러운 구름 낀 겨울 아침. 비상등 불빛이 유난히 빛났다. 규칙적으로 점멸하는 불빛에 나의 무거운 시선이 중독되듯 빠져들었다.

죽음의 순간이 궁금해졌다. 어떤 기분일까. 차들이 질주하는 공간에 발을 내디딘 그 사람은 죽음을 원했던 것일까. 차에 들이받히고 몸이 부서지며 튕겨 나가는 순간, 그는 어떤 생각을 했을까. 처참하게 모든 것을 끝내고 생명의 신호를 소실한 채 길바닥에 누워 버린 그 순간, 그는 편안했을까. 몸에 딱 맞는 관 속에 누워 가족들의 배웅을 받는 죽음은 행복할까. 혹시 잠시 의식이 돌아온다면, 자신이 누울 곳을 향해 달리는 차 안에서 그는 무슨 생각을 하며 살아 있는 모든 것과의 이별을 준비할까. 알 수 없다. 어느 누구도 알 수 없는 것이다. 얼마 전 봉긋한 무덤 아래 고이 누운 나의 친구가 남아 있는 나를 어떻게 바라볼지, 내가 결코 알 수 없는 것처럼 말이다.

도로 위에서 생명이 꺼진 이의 시신 그리고 누군가의 마지막 여행 옆에서 나는 살아가고 있다. '출근'이라는, 삶을 위한 몸부림에 가까운 지겹고 무료한 행위를, 죽음을 바로 옆에 두고 꾸역꾸역 이어 나가고 있다. 어서 빨리 지나가라고 신호하는 교통경찰의 경광봉이 마치 타인의 죽음에 괜한 관심을 가지려 하지 말고 어서 가던 길이나 가라는 윽박같이 느껴졌다. 그러나 그 자리에서 나는 물어보고 싶었다.

"홀가분하신가요?"

누군가의 죽음을 목격한 뒤 산 자의 영역에서 떠돌던 나의 생각이 주차와 함께 끊긴다. 그렇게 진료실로 올라간 나는 살아가는 일의 불편함을 호소하는 사람들에게 약을 처방하고 주사를 놓아 주었다. 망자가 건넨 이야기들이, 엉킨 채 굴러가는 삶의 실타래에 치여 마음 한편에 작은 흔적만 남기고 존재를 잃어 간다. 잊히는 속도는 점점 빨라진다.

숨을 쉬며 또렷한 의식을 유지하는 동안, 나는 망자들이 너무나도 쉽게 잊히는 장면과 망자 앞에서도 끊임없이 무례를 범하는 산 자들을 목격해 왔다. 죽은 자들은 말이 없고, 세상은 산 자들만의 것이었다. 나는 산 자들의 그 악착에 무어라 할 수 없다. 그것이 생명이 가진 본연의 몸부림인지 구조가 만들어 낸 비정함인지도 알 수가 없다.

연이틀간 이른 아침에 느꼈던 나의 무거운 기분도 금방 사라졌다. 안타까움, 궁금함, 계속 가야 한다는 의무감, 생의 무게감과 비루함, 달리는 차 안의 내 몸뚱이와 도로 위에 누운 몸뚱이의 존재감. 모르겠다. 쉽게 사라진 수많은 존재를 의식하는 것은 숨이 붙어 있는 나의 본능일까 아니면 무뎌짐에 대한 저항일까. 우연히 이틀 연속으로 죽음을 마주하면서 알 수 없는 기분과 의문이 내 머리와 가슴속에 비집고 들어와 생각과 감정을 뒤집어 놓았다.

허망하게 무너진 기대

입원 병동 일로 분주한 어느 오후였다. 응급실 콜이 와서
하던 일을 서둘러 마무리하고 급히 응급실로 내려갔다. 응
급실 전공의 선생님이 정리한 차트와 검사 자료를 확인하
고 환자가 누워 있는 병상으로 다가갔다. 병상에는 50대
초반의 여자가 누워 있었다. 의식은 희미했고 산소 공급이
어려울 정도로 호흡이 약해져 있어 응급의학과에서 기도
삽관을 해 놓은 상태였다. 퉁퉁 부어 거대해 보이는 몸이
간이 담요로 덮여 있었는데, 가까이 서 있으니 종종 맡아
본 익숙한 냄새가 약하게 퍼져 왔다. 바로 사람의 살이 썩

는 냄새였다.

나는 미동도 없이 가만히 누워 있는 환자에게서 담요를 걷었다. 그리고 환자복 상의 단추를 풀어 젖혔다. 퍼석하게 부은 그녀의 상체 오른쪽에 '외과용 패드'라고 하는 두꺼운 거즈가 덮여 있었다. 나는 그것마저 떼어 냈다. 그러자 그녀의 한쪽 가슴이 드러났다. 아니, 정확하게는 곳곳에서 피가 새어 나오고 있는 검붉은 살덩어리로 변해 버린 가슴팍이 드러났다. 한때 보드랍고 풍만했을 젖가슴은 이미 형체도 없이 사라지고 없었다.

대신 그 자리에 검붉고 울퉁불퉁한 살덩어리들이 자리하고 있었다. 용암이 끓어오르다 급히 식어 끓는 모습 그대로 굳어 버린 것 같은 형태였다. 나는 그녀의 오른팔을 잡고 옆으로 벌렸다. 오른팔 역시 전체가 퍼석하고 거대하게 부풀어 있었다. 겨드랑이 부위는 피부가 검게 괴사해 버려 곳곳에 구멍이 숭숭 뚫린 채 너덜거리고 있었고, 구멍들에서는 검은 체액이 흘렀다. 살이 썩는 냄새는 이곳에서 나고 있던 것이다. 아무런 치료도 받지 않고 유방암을 방치해 둔 사람의 전형적인 모습이었다.

암세포는 유방조직을 파괴하고 피부를 잠식한다. 그리고 림프액의 흐름을 따라 겨드랑이로 전이하여 림프샘에 자리를 잡고 자라나다, 몸의 다양한 곳으로 퍼지면서 지방조직, 혈관, 신경을 잠식한다. 그러다 암세포가 너무 커져 버리면 혈액 공급을 제대로 받지 못하는 부위부터 괴사하기 시작한다. 이것이 겨드랑이가 썩는 이유이다. 유방암을 진단받고 방치했거나 방치된 게 분명했다.

나는 곧바로 괴사한 조직을 제거하기 시작했다. 검게 죽어 버린 피부조직과 썩은 냄새를 풍기는 지방, 결합조직들을 최대한 걷어 냈다. 검은 올리브처럼 둥글게 덩어리진 림프샘들이 딸려 나왔고 죽은 조직 곳곳에서 붉은 피가 술술 새어 나왔다. 환자는 미동도 없었지만 이따금 표정을 찡그렸다. 그래도 정상 조직을 건드렸을 때 통증을 느낄 수 있을 정도의 의식은 있던 것이다.

가슴팍의 검붉은 암 조직 약간을 떼어 내서 조직검사를 보낸 뒤, 거즈로 겨드랑이의 빈 공간을 채우고 다시 가슴팍을 덮고 상체에 붕대를 감아 드레싱을 마쳤다. CT 등의 검사를 진행한 후에 환자는 중환자실로 옮겨졌다. 호흡이 워낙 불안정하여 암이 폐에 전이되었을 거라 예측했지만 오히려 폐는 깨끗했다. 그런데 간과 뼈에서 다발 전이가 관찰되었다.

보호자는 처음부터 보이지 않았다. 환자는 산속 기도

원에서 탈진이 된 상태로 누군가에게 발견되어 응급차로 급히 이송되었다. 아무래도 유방암 진단을 받은 후 신앙의 힘으로 암을 이겨 내려고 깊은 산속 기도원으로 들어간 것 같았다. 그것이 신념에 의한 것인지 아니면 누군가의 권유에 의한 것인지는 알 수 없었다. 그저 쓰러진 후 우연히 발견되어 홀로 병원에 실려 왔다는 사실만 알 수 있을 뿐이었다.

그녀의 기력을 회복시켜 기도에 연결한 튜브를 제거하는 것이 일차적 목표였다. 유방암과 관련한 어떤 치료도 당장은 불가능했다. 수술은 생각할 수도 없었고 항암 치료 역시 위험했다. 조직검사로 암세포가 특정된다 하더라도 당장은 기력을 더 약화시킬 수 있기 때문이었다. 그래서 일단 항암 치료를 고려해 볼 수 있을 정도로 기력을 회복시키는 것을 목표로 잡을 수밖에 없었다.

환자의 주치의는 나였다. 나는 매일 중환자실에 들러 그녀의 상체를 둘둘 말고 있는 붕대를 풀고 괴사 조직과 암 조직을 덮고 있는 거즈를 걷어 낸 다음, 남아 있는 괴사 조직을 최대한 제거하고 다시 거즈로 덮는 드레싱을 반복했다. 다행히 그녀는 조금씩 살아났다. 처음엔 가슴 부위 통증에만 반응했는데, 상체의 붕대를 제거하기 위해 몸을 들어 올리는 자세에도 점차 표정을 일그러뜨리며 아픔을 표현하기 시작했다. 그러나 튜브는 쉽게 제거할 수 없었다. 공급하고 있는 산소의 양을 조금만 줄여도 동맥혈 산소 포화도가 눈에 띄게 나빠졌다. 금방 도달할 줄 알았던 치료의 일차 목표는 생각보다 먼 곳에 있었다.

며칠이 지나서야 수소문했던 보호자들을 중환자실 앞에서 만날 수 있었다. 나는 그제야 자초지종을 듣게 되었다. 그녀의 집안은 대대로 투철한 신앙심을 대물림해 온 가문이었다. 그녀 역시 독실한 신앙심을 삶의 기둥 삼아 살아왔다고 했다. 그러다가 유방암 판정을 받고 신앙에 기대어 병을 이겨 내고자 산속 깊은 곳에 위치한 기도원에 홀로 들어갔는데, 그게 3년 전 일이라고 했다. 그렇게 가족들과 3년간 연락도 끊고 지내다가 이제야 다시 만나게 된 것이다.

남매지간으로 보이는 보호자들이 당황스러워하면서도 애써 침착을 유지하며 그간의 사정을 설명했다. 그들의 이야기를 들으니 마음이 복잡해졌다. 이번에는 내가 그들에게 환자의 상태를 설명했다. 예상대로 보호자들의 표정은 점점 더 어두워졌다. 이야기를 마친 나는 곧바로 그들과 함께 환자 면회를 진행했다.

환자는 조금 회복되어 눈을 또렷이 뜨고 주변의 모든 것을 인식하고 있었지만 여전히 기도 삽관 상태여서 말은 할 수 없었다. 그런 그녀가 만감이 교차하는 듯한 눈빛으로 그들을 빤히 바라보았다. 병상에 누운 환자와 보호자의 눈빛이 서로 교차하는 순간은 언제 보아도 애틋하다. 그 애틋함은 주로 보호자들에게서 묻어나는데, 그들도 마찬가지였다. 가족이 처한 슬픈 현실을 목격한 그들의 시선에서 애틋함이 배어나고 있었다. 그들의 모습을 보니 하루라도 빨리 튜브를 제거하여 서로 이야기를 나눌 수 있게 해 주어야겠다는 마음이 더욱 강해졌다.

그렇게 중환자실에서 2주의 시간이 흘렀다. 그녀도 나도 힘든 시간이었다. 증세가 호전될 기미가 보이지 않았고 치료의 보람도 미미하여 회의가 들었다. 무엇이 잘못되었나 자꾸만 돌아보고 한 번 더 살펴보던 어느 날, 그녀가 갑자기 눈에 띄게 좋아지는 모습을 보였다. 산소포화도도 안정적이었고 공급 산소량을 줄여도 포화도가 나빠지지 않았다. 그날따라 그녀의 눈빛도 평소보다 좀 더 명료해 보였다. 지체하고 싶지 않았다. 나는 과장님, 전공의들과 상의를 한 뒤 그날 바로 그녀의 기도에 연결된 튜브를 제거했다. 사실 너무 오래 삽관이 되어 있기도 했다. 나는 환자를 침대에 바로 앉히고 등을 두드려 주며 기침을 시켰다. 몇 번의 깊은 기침을 하고 숨을 고르는 그녀에게 나는 괜찮냐고 물었다. 그러자 그녀가 쉰소리로 작게 대답했다.

"고마워요."

나는 즉시 보호자들에게 연락해서 병원으로 오라고 했다. 그리고 바로 면회를 시켰다. 그녀의 목소리는 여전히 약하고 쉰 상태였지만 가족들과 충분히 대화를 나눌 수 있는 정도였다. 나는 스테이션에 서서 멀리서 그들이 대화하는 모습을 지켜보았다. 중환자실이라 오래 이야기를 나누지 못하는 상황이 아쉬울 뿐이었다.

면회를 마치고 병실을 빠져나가는 보호자들에게 다음번엔 일반 병실에서 만나자고 말하면서 다독였고, 홀로 남은 병상의 환자에게 다가가 조금 더 회복되면 더 적극적인 치료를 진행하자고 격려했다. 희망과 보람을 느낀 순간이었다. 이미 암세포가 많이 퍼진 상태이긴 하지만, 그래도 조금만 더 기력을 회복하고 모든 것이 안정되면 항암 치료를 시도하여 병세를 호전시킬 수 있을지 모른다는 기대를 조심스레 품었다.

기대는 오래가지 못했다. 저녁 회진 때까지만 해도 작은 미소를 보이던 환자가 다음 날 새벽이 되자 다시 호흡을 힘들어했다. 코에 연결된 산소 공급관의 산소 농도를 올려도 그녀는 좀체 나아지지 않았다. 이뇨제, 기관지 확장제와 그 외 호흡에 도움이 될 만한 약들을 추가했지만 그녀의 호흡엔 변화가 없었다. 조금만 더 버텨 보자고 스스로 격려한 뒤 나는 계속 그녀의 상태를 주시하면서 그녀가 회복되기를 기다렸다. 그러나 그녀는 나의 기대와 바람에 부응하지 못했다. 해가 뜨고 아침 햇살이 완연해질 무렵, 나는 어쩔 수 없이 다시 그녀의 기도에 튜브를 집어넣어야 했다.

좌절감이 엄습했고 기대는 절망으로 바뀌었다. 얼마나 뒤로 돌아가 다시 시작해야 할지 알 수 없었다. 최선을 다했다. 말기 유방암 환자의 운명이란 것이 그리 쉽게 바뀌지는 않지만, 얼마 남지 않은 마지막 시간 동안 조금이라도 편히 말할 수 있게 해 주고 싶었다. 충분히 실현 가능하다고 생각했는데, 그 목표가 이렇게나 멀리 떨어져 있는 것인 줄은 몰랐다. 대체 왜 이러는지, 나는 주치의로서 충분하고 올바른 노력과 수고를 하고 있는 것인지, 고민이 겹겹이 내 머리와 가슴에 쌓였다.

고민이 커지는 만큼 그녀의 상태도 점점 나빠졌다. 기도 삽관만으로는 산소포화도를 유지하기 어려운 지경에까지 이르렀다. 명료하던 눈빛 역시 불투명한 의식 안으로 잠식되며 빛을 잃어 가고 있었다. 끝내 인공호흡기까지 연결했고, 갖은 노력에도 불구하고 방사선 사진 속의 폐는 점점 하얗게 변해 갔다.

결국 그녀는 숨을 거두었다. 3년 만에 재회한 형제들과 처음이자 마지막으로 자신의 목소리로 이야기를 주고받은 지 정확히 일주일 만이었다.

환자에게 쏟아지던 의문이 내 안으로 쏟아지기 시작했다. 대체 어떤 이유였을까. 내가 놓친 것이 있었던가. 혹시 무얼 잘못했던 건 아니었을까. 내가 세웠던 치료의 일차 목표는 충분히 달성 가능한 것이었다. 그러나 나는 명확한 이유도 파악하지 못한 채 급격하게 상태가 나빠지는 환자 앞에서 속수무책이 되었다.

과장님과, 함께 환자를 보았던 다른 전공의들도 안타깝지만 어쩔 수 없는 상황이었다며 위로를 건넸다. 그렇게 위로를 주고받고 마무리해도 이상할 것 없는 상황이었다. 그러나 나는 그녀에게 좀 더 긴 시간 자신의 목소리로 이야기를 건넬 기회를 만들어 주지 못했다는 자책에 빠져들었다. 장례를 치르는 동안 보호자들이 찾아와, 마지막 가는 길에 얼굴도 보고 짧지만 이야기도 할 수 있게 해 주어 고맙다는 인사를 건넸다. 나 역시 감사하다고 대답했지만 자책감은 쉽게 극복되지 않았다.

화두를 많이 던져 준 환자였다. 암이라는 거대한 두려움을 이겨 내기 위해 그녀가 선택한 건 종교였다. 그녀에게 신앙은 무엇이었고, 또 얼마나 견고했을까. 가슴 한쪽이 완벽하게 문드러지고 살이 썩어 나가는 동안 얼마나 외롭고 힘들었을까. 통증이 갈수록 심해졌을 텐데, 깊은 산속에서 혼자 그 큰 고통과 두려움, 외로움을 어떻게 이겨 냈을까. 쓰러졌다가 의식이 돌아왔을 때 병원에 있다는 사실이 그녀에게 안도감을 주었을까 좌절감을 주었을까. 나의 치료는 그녀에게 작은 희망이라도 될 수 있었을까. 몸이 망가진 채로 3년 만에 형제들과 마주한 그녀는 어떤 마음이었으며, 그들과 어떤 대화를 나누었을까. 그리고 무엇이 그녀로 하여금 신념을 고집하게 만들었을까.

의사는 환자를 치료하는 것이 아니라 환자의 회복을 돕는 존재라는 말이 있다. 이 말을 떠올릴 때마다 나는 그녀에게 얼마나 도움이 되었을까 생각한다. 내가 제대로 도운 것일까. 좀 더 제대로 도왔다면 그녀가 더 오랜 시간을 자신의 목소리로 이야기할 수 있지 않았을까. 아주 오랫동안 내게 아쉬움을 안겨 준 환자였다. 사실 의사로서 언제나 겪을 수 있는 일인데도, 기도 삽관을 한 채 나를 바라보던 그녀의 눈빛이 틈만 나면 떠올랐고, 그럴 때마다 나는 깊은 어둠을 헤맸다. 오래전에 겪은 일인 데다 수차례 비슷한 일을 겪었는데도, 이상하리만치 선명하게 떠오르는 기억이다.

'그들'을 마주할 때

전화를 받던 외래 간호사의 목소리가 갑자기 높아졌다.

"그런 식으로 이야기하지 마시고요. 나중에 직접 오셔서 결과 확인하세요!"

거칠게 전화를 내려놓는 간호사에게 무슨 일이냐고 물었다. 술에 취한 어떤 여자가 전화로 6개월 전에 한 검사의 결과를 물어보더란다. 전화상으로 이야기해 줄 수 없다고 말했더니 상대가 갑자기 욕설을 퍼부었다고 했다. 나는 너무 기분 나빠하지 말라며 다독였다. 사실 이와 비슷한 일이 너무 많다. 짜증을 내던 간호사도 이런 일에 이골이 났는지 호흡을 가다듬고는 아무렇지 않게 하던 일을 다시 이어 나갔다.

종종 대하기 힘든 환자들을 마주한다. 응급실에서는 더욱 자주 볼 수 있었다. 술에 취한 채 어디가 아픈지 제대로 말도 하지 않고 무조건 치료해 달라고 떼를 쓰는 사람도 있었고, 증상을 이야기하다 갑자기 자신의 신세를 한탄하는 사람도 있었다. 힘을 써서 제지하지 않으면 다른 환자들에게도 피해를 주는 난동 환자도 꽤 있었다. 어떤 사람은 술에 취해 외래 진료실에 들어와서는 한 달 전에 부러졌던 갈비뼈가 어떻게 되었는지 궁금하다며 막무가내로 진료를 요구하기도 했다.

사실 응급실에는 의료인에게 직접적인 위협을 가하거나 난동을 부리는 사람도 많았는데, 그런 사람들은 여기서 언급하지 않기로 하겠다. 인간에 대한 기본적인 예의를 지키지 않고 상대방의 인격을 파괴하거나 업무를 방해한다는 점에서 명백한 범죄이기 때문이다. 어쨌든 나는, 거칠고 무모하게 행동함으로써 바닥에 떨어진 자존감을 끌어올리려고 하는, 노곤한 삶을 살아가는 사람들을 만나곤 했다.

입원 병동에서도 조금 결이 다르긴 하지만 비슷한 환자

들을 만났다. 입원을 해 놓고도 자신의 몸 상태에 대한 인식이 전혀 없어 지시에 따르지 않고 치료에 제대로 응하지 않는 환자들도 있었고, 환자의 병에 대한 인식이 없거나 이해하지 못해 아무리 설명을 해도 같은 질문을 계속 반복하는 보호자들도 있었다. 어떤 이들은 상태에 대해 설명을 해 주어도 그것과 무관하게 본인의 판단대로 이런저런 처방을 요구했다. 그럴 때면 주치의는 난감해지고 힘이 빠진다. 최대한 신경 쓰면서 최선을 다하는데 결실이 보이지 않으니 고민만 많아진다. 꼭 짝사랑같이 말이다.

그들을 돌보아야 하는 나 역시 인간인지라 그런 일들이 점점 쌓이다 보면 짜증이 생긴다. 그러면 낮고 부드럽게 나오던 말이 흔들리기 시작하면서 점점 높아진다. 그러다 가끔은 높은 목소리로 환자나 보호자를 나무라고 만다. 또는 퇴원을 요구한다. 솔직히 말하면 그들은 환자를 진료하는 입장에서 가장 상대하기 곤란하고, 의사로 하여금 자괴감을 느끼게 만드는 사람들이다.

어떻게 하면 그들을 피하거나 마주하지 않을 수 있을까 고민하기도 했다. 그렇지만 그럴 때마다 그러한 사람들은 언제나 어디에나 수없이 존재해 왔다는 것을 깨닫게 되었다. 그리고 자신을 찾아오는 환자를 무조건 만나야만 하는 의사로서는 결코 누군가를 피할 수 없다는 것도. 그러다 보니 매번 진료가 끝나면 '지나갔다.'라고 생각하며 한숨을 한번 내신 뒤에 떨쳐 버리려 하는 편이었다. 그런데 이상하게도 시간이 지날수록 그들이 내 생각의 끝에 매달려 잘 떨어지지 않았다.

시선은 언제나 인식을 수반한다. 시선이 가닿은 곳에서 판단이 만들어지니, 판단은 시선을 던진 주인의 인식에 따라 결정되는 셈이다. 내가 만난 그 사람들은 대부분 경제적으로 힘든 상태였다. 그들이 스스로 그런 삶을 살겠다고 택한 것이 당연히 아니다. 자신의 뜻과 달리 우리 사회의 언저리로 밀려나 잠시 존재가 흐릿해졌을 뿐이 아니겠는가. 그런 이들은 너무나도 쉽게 건강한 삶을 보장받지 못하고 배척되기 쉬운 환경에 놓이게 되는데, 그 시간이 길어질수록 자포자기의 심정이 될 수밖에 없을 것이다. 그렇다면 그것이 가슴 한편에서 분노로 자라다 어디론가 투사되는 것도 자연스러운 현상이 아닐까. 이러한 시선으로 그들을 바라보면 우리들의 판단은 180도 달라지게 된다.

그런데 그들을 그저 단순한 시선으로 바라본다면, 그들은 단지 귀찮거나 상대하기 싫거나 떠나보내고 나면 그만인 사람들이 된다. 고백하건대, 그들의 방향 잃은 분노가 진료실이나 응급실로 투사될 때, 그렇게 잠시 타오른 그들의 존재감이 다시 재가 되어 아무 의미도 거머쥐지 못할 때, 내가 즉흥적이고 직접적인 방식으로 그들을 상대했던 것 또한 그런 시선의 투영이었으리라. 이미 오래전에 그들이 내 앞에서 사라졌음에도 내가 그들을 잊지 못하고 있는 것 또한 그러한 시선 때문이다.

조지 오웰은 그의 자전소설인 『파리와 런던의 밑바닥 생활』(삼우반)에서 노숙자나 부랑자들은 위험하거나 불결한 존재가 아니라고 말했다. 오웰은 오히려 그들이 보통 사람들과 같은 평범한 사람들이라 했다. 『위건 부두로 가는 길』(한겨레출판)에서는 추운 겨울날 하수구 바닥을 긁고 있는 빈민가 젊은 여인과 마주친 이야기를 하는데, 그녀의 눈빛은 자신들이 스스로 이러한 상황을 만든 것이 아니라는 이야기를 하고 있었다고 했다. 오웰은 스스로 선택하지 않은 계급적 위치 때문에 발생하는 비인간적인 불평등은 위선이라고 단정한다. 그가 이러한 결론을 내린 것이 지금으로부터 약 80여 년 전이다. 그런데 우리는 오늘날 여전히 이와 비슷한 상황을 자주 목도하고 때론 마주한다.

이야기를 이어 가고 있지만, 결론은 사실 막연하다. 복잡한 현실이 다양한 상황을 만들어 내고 그것은 깊이 있는 고민보다는 피곤함부터 자아낸다. 설령 깊이 있는 고민을 이끌어 낸다 해도 행동이나 실천은 더 복잡하고 어렵기만 하다. 그들을 바라보며 무엇을 어떻게 할 것인가. 내가 할 수 있는 일이 무엇인가. 그저 짜증을 억누르고 최대한 자중하며 마음을 다스리는 것뿐일까. 우리는 소수자들과 약자에의 폭력이 난무하며 배려 없는 이기심이 점점 부피를 키우고 있는 세상에서 살아간다. 이런 상황에서 내가 만났던 그들이 더욱 짜증과 무시의 대상으로 전락하고 있는 것은 아닐까 생각해 본다.

차갑고 딱딱한 동의서

설명을 마치고 펜을 건네며 동의서에 서명을 요구하는 나에게 보호자는 탄식하듯 말했다.

"그렇게 말씀하시면 저희가 어떻게 동의합니까……."

솔직히 말하자면, 내가 생각해도 서명하기 힘들 듯했다. 나와 내 앞의 보호자는 맹장이 터진 96세 할아버지의 수술을 앞두고 있었다. 환자를 먼저 본 내과 선생님에게 자초지종을 듣고, 나는 환자를 보기도 전부터 수술을 해야 하나 말아야 하나 고민에 빠져 있었다. 그래서 환자의 상태를 살피고 보호자를 만나 수술을 위한 통상의 설명을 하며 동의서를 작성할 때, 나는 좀 더 '강하고 무섭게' 설명할 수밖에 없었다. 내가 평소보다 좀 더 무겁고 진지하게 일련의 과정을 진행하자, 안 그래도 환자의 나이 때문에 표정이 어두웠던 보호자의 불안감이 터져 버리고 만 것이었다.

동의서에는 무표정하고 건조하기만 한 검은 글자들이 적당한 크기로 빼곡히 나열되어 있었다. "발생할 수 있는 모든 사안에 대해 이해했으며"나 "민형사상의 책임을 묻지 않기로 동의" 같은 두루뭉술하고 철저히 방어적인 문장들을 환자나 보호자 앞에 들이밀기 전에, 나는 동의서를 뒤집었다. 그리고 하얀 백지에 펜으로 단어를 적고 그림을 그려 가며 설명을 하기 시작했다. 환자에게 내려진 진단명, 환자가 가진 기저질환이나 특기할 만한 상태, 수술명과 수술 방법, 마취 방법, 수술 시간, 수술 후 회복 기간과 수술 후 발생할 수 있는 합병이나 후유증 등을 복합적 관점에서 일일이 설명했다.

이것은 수술을 하는 의사와 환자를 담당하는 병원의 당연한 의무였다. 그러나 96세 할아버지 환자 앞에서는 조금 달라야 했다. 맹장 수술이야 간단한 수술 중 하나이지만, 초고령자의 약해진 심폐기능과 신장 기능이 초래할 수 있는 상황, 수술 후 회복의 어려움, 감염증의 악화와 패혈증의 가능성, 그에 따른 의식의 소실, 기도 삽관과 인공호흡기 사용 가능성, 최종적으로는 사망 가능성까지 회복하지 못하는 인체에서 발생할 수 있는 모든 상황을 설명해야 했다.

그것은 그대로 보호자의 불안과 두려움으로 전이되었다. 초고령의 아버지가 수술이 필요한 급성질환으로 환자가 되어 버린 것만 해도 큰 부담인데, 나로부터 또다시 버거운 무게의 불안과 두려움을 떠안게 된 것이다. 내 글씨와 그림으로 채워진 흰 종이를 다시 뒤집자, 종이는 다시금 무미건조하고 두루뭉술하며 방어적인 문장들로 가득한 수술 동의서로 돌아왔다. 나는 그 알량한 서류를 펜과 함께 보호자에게 내밀며 서명을 요구했다. 그러나 펜을 받아 든 그의 손은 떨리며 쉽게 움직이질 못했다.

제자리에서 멈춘 채로 떨리던 보호자의 손. 그것은 분명 불확실함에 대한 두려움이었을 것이다. 그 두려움을 내가 모를 리 없다. 나 역시 보호자의 경험이 있었으니까. 가족을 타인에게 맡긴다는 일이 스스로를 무기력하게 만들고 때로 죄책감까지 들게 한다는 것을 너무나도 잘 알고 있었다. 그러나 나는 애써 담담한 척을 해야 했다. 나 역시 만만치 않은 책임을 져야 했기 때문이다.

보호자가 떨리는 손으로 동의서에 서명을 하는 동안 내 머릿속에서는 여러 생각이 복잡하게 얽혀 갔다. 해야 하는 설명을 제대로 했는가. 빠뜨린 것은 없는가. 내가 감당할 수 있는 수술인가. 문제가 생긴다면 어떻게 할 것인가. 물론 보호자와 얘기를 나누는 동안 내내 그런 생각을 하며 무표정하게 있던 것은 아니었다. 중간중간 살짝 풀어진 표정으로 "설명은 이렇게 무섭습니다만, 좀처럼 일어나지 않습니다."라고, 위안이 될지 안 될지 모를 말들을 하며 보호자를 안심시키는 것도 내 일이었다.

의료가 공급 우위의 분야인 만큼 환자와 보호자들에겐 의사의 설명이 거의 모든 것이라 해도 무방하다. 따라서 의사인 나는 철저하게 설명해야만 한다. 동시에 좋지 않은 상황이 발생했을 때 법적, 의학적 책임과 과실 문제에 있어서 자유롭지 못하다. 그것이 어느 과정에서 나를 인간적이지 못하게 만든다. 법은 수술에 앞서 동의서를 작성하도록 규정했다. 그런데 그 동의서는 의사에겐 방어벽이, 환자와 보호자에겐 두려움이 되었다. 동의서 작성이 반드시 필요한 과정임을 안다. 그러나 그 서류로 인해 의사와 환자, 보호자 사이에 인간적 이해와 위안이 사라져 버렸다는 느껌을 받는다.

제도 안에서 차가운 벽이 높게 솟고 있는 건 아닐까. 많은 것들이 딱딱해지고 불안해졌다. 전문가가 넘쳐 나는데 사람들은 더욱 이해하기 어려워하고 있고 이해시키기도 어려워지고 있다. 관계 유지와 이해 유도를 위해 법제가 만들어지고 있는데 그럴 때마다 인간적 따뜻함이, 격려와 배려가 점점 사라지고 있는 것만 같다.

마지못해 동의서에 사인을 하고 뒤돌아 나가는 보호자를 보면서, 그의 무거운 어깨를 토닥여 주거나 앞으로 벌어질 일들에 대한 나의 책임과 부담을 함께 나눌 무언가가 전혀 존재하지 않음을 깨달았다. 외롭기는 보호자나 의사인 나나 마찬가지였다. 떨떠름한 이 기분에서 벗어날 수 있는 유일한 방법은 이 구조 안에서 환자가 무사히 회복되는 것뿐이었다. 무미건조하고 딱딱하고 차가우며, 어느 누구도 쉽게 의문을 가질 수 없는 이 구조 안에서 말이다.

96세의 할아버지는 건장하셨다. 전신마취라는 큰 부담을 이겨 내고 수술도 잘 받으셨고 다행히 회복하시는 데도 오랜 시간이 걸리지 않았다. 수술 후 상황을 지켜보기 위해 잠시 중환자실에 머물렀고 보통의 경우보다 약간 더 길게 입원하긴 했지만 회복은 아주 순조롭게 이루어졌다.

그로써 나도 보호자도 부담을 시원하게 덜 수 있었고, 표정 또한 한결 부드러워졌다. 차갑기만 했던 동의서는 그렇게 단순한 '과정'이 되어 종이 한 장의 존재감으로 서류 뭉치 안에 들어가 잠이 들었다. 그제야 찾아오는 안정감. 그런데 어쩐지 이것이 현대 의료시스템의 차가움과 인간의 온기 사이에서 나타나는 일련의 화학반응처럼 느껴졌다.

코로나19 시대
동네 의사의 소고 3

1

"공공 의사는 세금 도둑"이라고 써진 팻말을 든 후배 의사의 모습에서 나는 절망 비슷한 기분을 느꼈다. 그리고 여전히 의료원에서 일하고 있는 동료가 생각났다. 외과 일보다는 음압 병동을 오가며 코로나19에 감염된 환자들을 돌보느라 애쓰는 중이었을 그는 저 팻말을 보고 어떤 생각을 했을까? 같은 집단의 일원으로서 '무지'나 '몰이해' 같은 단어를 철썩 가져다 붙이고 싶지는 않았다. 그 전에, 이 후배 의사가 어떤 의도를 가지고 저런 주장을 하는지 생각해 보았다. 그런데 내 짧은 생각으로는 좀체 이해가 되지 않았다. 내가 공공병원에서 일한 경험은 전공의 시절 4년이 전부다. 그 이후로는 민간 병원에서 근무했으니, 내가 이렇다 저렇다 하기도 애매하다. 그냥 조금 슬프고 약간 참담할 뿐이었다.

코로나19 팬데믹은 공공 의료의 필요성을 절실하게 깨닫게 한 사태였다. 앞으로 주기적으로 발생할 것이라 생각되는 팬데믹 사태에 대비하여 의료 인력과 시설 등을 국가 주도로 준비해 두는 것이 새로운 과제로 떠오른 것이다. 사실 전체 의료 자원의 10퍼센트도 안 되는 공공 의료 자원만으로 이제까지 방역을 해 왔다는 데 놀라야 한다. 있는 힘껏 쥐어짜 내지 않았다면 불가능했을 대단한 일이다.

어쨌든 정부는 다음 팬데믹을 대비하여 장기적 보건의료 정책을 내놓았다. 그것이 바로 공공 의대 설립과 의대 정원 확대였다. 의료의 공공성 회복 차원에서 그래도 기대를 걸었던 나는 정부가 발표한 정책을 보고 어처구니가 없어졌다. 의대 증설과 의대 정원 확대를 꾸준히 종용해 왔던 누군가의 요구에 정부가 이때다 하고 화답하고 있다는 느낌도 들었다. 팬데믹이 누군가에겐 기회가 될 수도 있다는 사실을 인정해도, 이건 좀 아니라고 생각했다. 이제껏 방역과 통제를 아슬하게나마 잘 꾸려 온 정부가 내놓은 장기적 대책이 겨우 이런 것이었나.

「OECD 보건통계Health Statistics 2022」에 따르면 우리나라는 인구 1000명당 임상의사 수가 2.5명으로 OECD 평균인 3.7명보다 분명히 적다. 그렇지만 고려해야 할 요소는 그것만이 아니다. 국토 면적 대비 의사 밀도는 우리나라가 OECD 평균에 비해 2.5배 높고, 국민 1인당 연간 진료 수 또한 OECD 평균의 2.5배 수준이다. 그러니까, 의사의 수가 적은 것에 비해 의사 밀도가 상당히 높고 환자들도 진료를 다른 나라에 비해 매우 많이 받고 있다는 뜻이다.

우리나라는 상대적으로 의료접근성이 좋고 환자의 의료비 부담이 적은 편이다. 덕분에 환자들은 비교적 자유롭게 병원을 선택하고 진찰을 받고 있다. 이는 동네 의원의 물리치료실만 봐도 쉽게 알 수 있다.

물론 이 모든 것은 환자의 당연한 권리다. 문제는 이런 환경이 우리나라 병원들을 과도한 경쟁으로 내몰고 있다는 데 있다. 대부분의 의사들이 시장경쟁 체제하에 있다는 점과 한국 의료의 수가 구조를 생각해 보면, 한국 의료계의 문제가 단순히 의사가 적다는 사실에 기인하지 않음을 알 수 있다.

　더군다나 미래는 더욱 어둡다. 우리나라의 인구 1000명당 임상의사 수 증가율은 3.1퍼센트인데, 이는 OECD 평균에 비해 세 배가량 높은 수치다. 한편 대학들이 정원을 채우는 것을 버거워하고 있을 정도로 학령인구가 줄어들었고 출산율도 바닥을 찍고 있는 실정이다. 이런 상황에서 단순히 의대 정원을 늘리고 의대를 증설하는 것으로 정말 문제를 해결할 수 있다고 생각하는 것일까. 정부가 대한민국의 왜곡된 의료 현실을 애써 외면하려 하는 중인지도 모르겠다.

　현장에서 바라보는 의료 현실도 암담하다. 말 그대로 '돈 되는' 피부, 성형 분야에는 의사들이 넘치는 반면 필수 분야인 외과나 산부인과는 전공의 모집마저도 힘든 상황이다. 또한 도시의 목 좋은 자리에선 동네 의원들이 치열한 경쟁을 하고 있는데, 지방 의료원 같은 공공병원에선 의사 구하기가 힘든 실정이다. 의료를 시장 논리에 맡겨 둔 채 방치해서 발생한 당연한 결과다.

　이런 상황에서 멀지 않은 미래에 또 다른 팬데믹이 닥쳐온다고들 하는데, 우리는 어떤 대비를 해야 할까. 중소병원을 국가가 매입하여 인력과 시설을 확충하는 적극적인 방법도 있을 것이고, 현존하는 공공병원의 시설과 근무조건을 개선하여 의료 인력 확충을 꾀할 수도 있을 것이다. 어찌 되었건 환경 개선과 현존하는 의료 자원의 재배치를 통해 공공 의료 비율을 높이는 정책이 우선되어야 한다. 현재의 팬데믹을 잘 이겨 내고 미래의 위험을 대비하기 위해, 국민 보호와 국가의 존립을 위해 정부가 의료의 공공성을 인정하고 정책에 대해 다시 생각해 볼 필요가 있는 것이다. 그러니 의료 업계의 왜곡된 구조를 개선하지 않고 의사 수부터 늘리겠다는 말이 얼토당토않게 들릴 수밖에 없었다.

그런데 또 의사 집단은 정부 정책을 비판하는 데 있어 공공성 회복의 관점에서 접근하지 못하고 엉뚱한 방식으로 대립했다. "공공 의사는 세금 도둑"이라는 팻말을 듦으로써 이 문제를 단순한 밥그릇 싸움으로 만들어 버린 것이다. 왜곡된 구조 아래서의 자유로운 경쟁이 서로의 생존을 보장할 것이라고 생각하는 것인지, 아니면 의료의 공공성에 대한 인식이 아예 존재하지 않는 것인지 알 수 없다.

어째서 그런 주장을 내세워서 비판에 대한 정당성을 스스로 깎아내렸을까. 비판은, 팬데믹 상황하에서 무력해진 방역 시스템과 이런 상황을 자초한 이제까지의 의료 정책에 대한 지적과 반성에서 시작되었어야 했다. 의사 수 증대가 어째서 합리적인 정책이 아닌지는 그다음에 주장할 내용이었고, 의료의 공공성과 현재의 위치를 좀 더 부각해야 했다.

정부가 발표한 장기적 대책은 터무니없었고 어떤 의도가 적잖이 느껴졌다. 그런데 의사 집단의 대응 또한 지지를 이끌어 내긴커녕 같은 의사들에게 허탈함만 선사했다. 전공의들이 나서고 본과생들의 국가고시 거부가 이어질 때까지 그들을 뒷받침했던 선배 의사들은 대체 무슨 생각을 하고 있던 것인지, 일말의 부끄러움이 일었다.

2

한국의 방역 체계가 그나마 잘 작동할 수 있었던 데에는 적극적인 국민들의 협조가 있었다. 국민들은 거부감 없이 마스크를 착용했고 자발적으로 방역 정책에 협조했다. 그런데 방역 초기, 정부가 '방역'이란 이름으로 국민들의 인권을 상당한 수준 침해한 것이 사실이다. 정부는 확진이 되었다는 이유로 CCTV와 카드 사용 내역 등을 샅샅이 뒤져 국민 개개인의 일상을 파헤쳤고, 확진자에게 번호를 붙여 그들의 동선을 같은 도시에 사는 사람들 모두에게 통보했다. 평상시였다면 상상할 수 없는 심각한 인권침해의 현장이었다.

한편으로 이는 정부가 마음만 먹으면 어느 누구든 감시하고 통제할 수 있음을 증명하는 사건이기도 했다. 우리나라 국민들은 팬데믹이라는 특수한 상황하에 이러한 국가의 폭력을 아무 말 없이 용인했다. 여러 인권 단체의 지적이 있었고 정부 기관이 상황에 따라 유연하게 대처하여 다행히 이러한 폭력적 방법의 수위가 점점 낮아졌지만, 우리는 일련의 과정을 통해 언제 어디서나 빅브라더가 우리를 바라보고 있다는 것을 인식하게 되었다.

이처럼 팬데믹은 정부의 기능과 권한을 어디까지 인정하고 존중해야 할 것인가에 대한 질문을 남겼다. 오늘날 우리는 자유와 인권이라는 명목을 내세워 정부의 권한을 조절하고 비판할 수 있을까? 정부의 통제가 팬데믹 상황하에서 우리의 생존을 어느 정도 보장해 주었음을 생각해 보면, 개인의 권리와 정부의 통제 권력 사이 어느 지점에서 합리적인 대안을 찾아야 할지 어렵고 혼란스럽기만 하다.

신속항원검사를 진행하면서 코로나19 양성 판정을 받은 사람들은 "보건소에서 문자가 오겠죠?"라고 묻곤 했다. 확진자를 병원 시스템에 등록하면 보건소에서 문자를 보내 주었으니, 나는 그럴 때마다 "그렇습니다."라고 답했다. 그리고 양성 판정을 받은 사람들은 정부의 방침대로 자가 격리를 성실하게 실천했다. 저마다 합리적인 이유가 있었을 텐데, 결과적으로 정부의 방역 통제를 망설임 없이 받아들인 것이다. 시스템에 의한 통제는 그렇게 자연스럽게 우리 삶의 일부가 되었다.

슬라보이 지제크는 팬데믹 상황에서 너무 많은 정보와 지나친 통제로 인해 바이러스에 대해 '알려고 하지 않는 의지'가 나타난다고 말했다. 무의식적으로 시스템에 순응하여 더 이상 생각하려고 하지 않는 상태. 우리 또한 그러한 상태로 변할지도 모른다. 그리고 그런 상태는 자연스럽게 국가의 통제를 더욱 수월하게 만들 것이다. 통제는 필요하고 합리적이며 순응은 편리함을 인정한다. 그런데 시스템의 통제가 어떤 면에서는 우리를 불합리하게 붙들어 맬 수 있다는 것을 망각해선 안 될 일이다.

다시 말하지만 통제와 자유 사이에서 적절하고 합리적인 경계선을 긋는 일은 매우 어려운 일이다. 분명한 것은, 우리가 지친다는 이유로 생각하기를 포기한다면 시스템이 합리적인 선을 넘어 우리의 자유와 인권을 침해할 수도 있다는 점이다. 피곤한 일이지만, 생각을 멈추어서는 안 된다. 세상에 공짜는 없다. 팬데믹이 우리에게 가르쳐 준 단순하면서도 명백한 진리다.

작은 화장지가 건넨 이야기

회진 시간이 되어 외래 진료실에서 나가던 참이었다. 로비 엘리베이터로 향하는데 누군가가 나를 불러 세웠다.

"선생님, 이거 받아 가셔요. 이거 드리려고 진료 끝나기를 기다렸는데 그냥 가시면 서운해요."

노란 조끼를 입은 할머니 한 분이 웃음을 띤 얼굴로 나에게 휴대용 화장지 하나를 건넸다. 엉겁결에 "아, 네. 감사합니다." 하고 받았는데, 화장지 포장 곁면에 성경 구절 하나와 함께 어느 교회의 이름과 사진이 크게 인쇄되어 있었다. 뒤돌아서는 할머니를 다시 바라보니, 노란 조끼 뒷면에 같은 교회 이름이 어깨선을 따라 적혀 있었다. 병동에서 종종 마주치는 분들이었다. 그분들은 노란 조끼를 입고 휴대용 화장지가 가득 든 커다란 봉투를 들고 병동 여기저기를 다니곤 했다. 지나는 사람들이나 환자들에게 꾸러미 안의 화장지를 건네며 전도 활동을 했는데, 외래 의사인 나한테까지 준 건 그날이 처음이었다.

삶의 질이라는 걸 생각할 수 없을 만큼 병원에서 대부분의 시간을 보냈던 전공의 시절, 주말이면 유난히 병문안이 많았다. 입원한 환자의 가족이나 친척들이 삼삼오오 방문하기도 했지만, 단연 눈에 띄는 것은 일요일 오후 예배를 마친 교인들의 방문이었다. 무리 지어 병실로 들어선 그들은 침대의 환자와 잠깐 눈을 마주 보며 이야기를 나누다가 목사님을 중심으로 간략한 예배를 드렸다. 그것 때문에 때로 같은 병실의 다른 환자들과 마찰을 일으키기도 했고, 조금 삐딱했던 동료의 비아냥을 사기도 했다.

종교는 위안이다. 병실의 침대 하나를 어쩔 수 없이 차지하고 주치의의 퇴원 결정만 기다리며 집에 가고 싶어 하는 아픈 이들에게 종교는 커다란 기댈 곳이었다. 아프고 소외된 자들을 위로하고, 수고하고 무거운 짐 진 자들을 쉬게 하는 것이 종교다. 그래서 할머니가 건넨 화장지에 있는 교회 사진을 유독 오래 들여다보았던 것 같다.

생각이 좀 많아졌다. 병동에서 이것을 받아 든 환자들이나 보호자들은 위로를 받고 있을까. 짧은 성경 구절을 읽고 혹시 그들이 필요로 했던 위안을 찾아 교회로 발걸음을 옮기고 있을까. 그런데 나는 자꾸만 마음이 불편해졌다. 종교의 위안과 교회가 쉽게 포개어지지 않았다. 그것이 전도하는 할머니를 뒤로 한 채 포장지를 들여다보는 내 마음을 더욱 불편하게 만들었다. 엘리베이터 앞에 선 나는 점점 무표정해지고 있었다.

전문의 자격을 취득하고 인사차 장인어른께서 장로로 재직 중이시던 교회의 예배에 참석한 적이 있다. 교우 동정 시간에 목사님은 나를 자리에서 일으켜 세워 신도들에게 인사시켰다. 좌중 한가운데에 혼자 일어서 있으려니 마음이 들들거리며 불편했다. 그 자세로 우연히 어느 신도와 시선을 마주치게 되었다. 허름한 옷차림을 하고 있던 그의 창백한 얼굴엔 아무런 표정도 없었다. 반색도 경계도, 그의 시선엔 아무것도 담겨 있지 않았다. 그는 그것으로 나와 그가 다른 공간에 존재하는 사람이라는 메시지를 보내고 있었다. 그 옆의 휠체어에 앉은 핏기 없는 중년의 여인도 마찬가지였다.

불편함은 내가 한 공간에 같이 존재함으로써 그들이 받아야 할 위안에 상처를 내고 있다는 불안으로 바뀌고 있었다. 목사님의 질문도 들리지 않았다. 입이 떨어지지 않았고, 어서 빨리 앉아 수많은 사람 중 하나로 예배 끝까지 조용히 있고 싶었다.

엘리베이터 앞에 서서 많은 것을 떠올렸다. 2009년 용산 참사 이후 진상 규명을 위해 1년여를 애쓰시며 어느 집회 현장에서 '지금 우리 세상의 교회에 구원이 있는가?'라는 질문을 던지신 목사님, 4대강 파괴를 문화 교류의 장으로 만들어야 한다고 말씀하신 어느 대형 교회의 목사님, 세월호 참사 유가족들을 이끌고 제주에 내려오셔서 나에게 굳이 교회에 나가지 않아도 된다고 말씀하신 목사님, 봉천동과 난곡동의 판자촌 풍경과 어울리지 않던 높다란 교회 건물들, 내 고향의 작은 교회에서 장로와 권사로 재직하시며 신앙의 깊이를 만들어 나가시는 내 부모님, 삼대째 교회에 봉사하다 이제 막 장로직을 내려놓으신 장인어른, 지방의 작은 교회에서 목사로 계시면서 사회사업을 위해 고군분투하시는 외삼촌 그리고 멀리 동남아시아의 한 나라에서 힘들게 교회를 이끌며 선교사로 활동 중인 처남…… 나는 말없이 받아 든 화장지를 가운 주머니 안에 집어넣었다. 엘리베이터 문이 열리고 있었다.

열심히 교회 활동을 하던 때가 있었다. 사회로 나올 준비를 하던 그 시절에, 종교 안에서 나의 버거움과 혼란의 원인을 찾고자 했었다. 그리고 위로받고 싶었다. 그런데 나의 갈구가 부족했던 탓인지 아무것도 얻지 못했다. 그 이후 나는 교회 안의 화기애애함과 사람들의 미소가 불편해졌다. 나와 맞는 교회를 만나지 못해서라는 조언을 듣기도 했지만 그것은 쉽게 극복되지 않았다. 고등부를 졸업하면 대학에 진학한 대학부와 바로 사회에 진출한 청년부로 나뉘어 서로 서먹해지듯, 교회는 어떤 비슷한 부류의 사람들이 모여 자기들만의 공동체를 꾸리는 그런 공간으로 인식되었다. 내가 느낀 서먹함은 그러한 공간과 거리를 두고자 하는 나의 숨은 의지에서 기인했다. 그리고 나는 묻고 또 물었다. 내가 서먹해하는 그 공간은 교회인가 종교인가.

회진을 돌면서 보니 환자 침대마다 내 가운 주머니 안에 있는 것과 같은 휴대용 화장지가 놓여 있었다. 화장지 겉면에 인쇄된 교회가 환자들에게 위로와 위안을 주는지 나는 알 수 없었다. 다만 교회 이름이 적힌 그 화장지는 적어도 소소한 편리와 안정감 정도는 환자들에게 줄 수 있을 것이라 생각했다. 그런데 화장지가 무심하게 버려지거나 작은 불편을 해소해 주는 정도의 소소한 의미밖에 가지지 못한다면, 사실 노란 조끼를 입고 전도 활동을 하던 사람들의 성에는 차지 않을 것이다. 화장지를 건네는 행위는 '예수 믿고 구원받아 천국 가자'는 순수한 믿음의 발로일 테니 말이다.

그들의 마음과 의지에 어떤 말을 덧붙이고 싶지는 않다. 그저, 교회가 넘쳐 남에도 여전히 위로와 위안이 필요한 사람 역시 넘쳐 나는 세상이 의아한 것이다. 작은 화장지는 그렇게 종교와 교회에 대해 생각할 계기를 던져 주었다. 나는 그것이 부디 환자들에게 작은 위안이 되어 주길 바라며, 회진을 마무리했다.

원치 않는 짜증

퇴근 시간까지 30분밖에 남지 않은 토요일 정오였다. 약
간 들뜬 기분으로 책장을 넘기는데 로비에서 음악 소리가
들려왔다. 얼마 전에 벽보에서 보았던 '토요일 작은 콘서
트'가 열리는 날이었다. 바비 킴의 〈고래의 꿈〉으로 콘서트
가 시작되고 있었다. 내 기분과 잘 어울리는 노래여서 같
이 흥얼거리는데, 노랫소리 안에 갑작스레 날카로운 목소
리가 섞여 내 귀로 들어왔다.

"아파 죽을 것 같아서 병원에 온 건데 시끄럽잖아, 짜증
나게!"

누군가 싶어 자리에서 일어나 로비로 나가 보니 작은 체구의 여자가 울상으로 일그러진 얼굴로 계속 불만을 쏟아 내고 있었다.

조금 전 내 진료실에 들렀던 사람이었다. 작은 키에 등이 굽고 말이 어눌했던 여성. 얼굴 주름 하나하나에 피곤과 버거움이 스며 있던 그녀는 열심히 남편의 증상을 설명했다. 환자로 같이 왔던 50대 초반의 남편은 다리가 불편해 보였는데, 귀가 좋지 않아서 대화가 거의 불가능했고 소리에 반응도 잘 못했다. 한쪽 눈이 백내장으로 하얗게 변한 그는 3일 전 집에서 넘어지며 바닥에 왼쪽 옆구리를 부딪쳤는데, 통증이 가시지 않아 아내의 팔을 꼭 붙잡고 병원을 찾은 것이었다. 진료 시간이 얼마 남지 않은 토요일 정오 무렵에 몸이 불편한 남편을 부축하며 힘겹게 들어와 설명을 하는 아내의 표정은 힘겨움과 귀찮음으로 일그러져 있었다. 로비 의자에 앉아 엑스레이 검사를 기다리는 중에 울려 퍼진 노랫소리마저 귀찮고 짜증스러울 정도로 그녀의 생활이 상당히 일그러져 있던 것이다.

그들은 차트 안에서 '보호 1종'으로 분류되어 있었다. 이는 의료 정책상의 분류로 의료보호의 일환이며, 의료보호는 사회안전망의 일종이다. 우리 사회는 의료보호를 포함해서 경제적 약자들을 보호하는 몇 가지 장치를 마련해 놨다. 하지만 너무 부족하고 약소한 실정이라, 경제적 약자들의 삶에는 여전히 우울과 불평, 짜증이 배어들고 있다.

어느 60대 남자도 그러했다. 그는 한쪽 팔을 사고로 잃은 채 혼자 지내고 있었다. 그러나 그가 진료실에 들어선 이유는 자신 때문이 아니었다. 40대 초반 남성의 등을 한 팔로 가볍게 밀며 들어온 그는 데리고 들어온 남성을 바로 진료실 의자에 앉혔다. 어릴 적 사고로 뇌 손상을 입어 지적장애와 행동장애를 가지게 된 그의 아들이었다. 그는 아들의 등에 난 상처가 잘 낫지 않아 병원에 왔다고 설명했다.

모자를 쓴 그의 표정과 목소리에서는 노년의 평온과 위엄이 느껴졌지만 눈과 입가에는 오래된 피곤과 버거움이 자리하여 이따금 파르르 떨리고 있었다. 드레싱을 마친 아들을 한쪽 팔로 일으켜 세우고 모자를 씌운 뒤 신발을 신게 하는 그의 모습에서 두터운 아버지의 마음이 느껴졌다. 나는 아들의 상태를 상세하게 설명하려다 잠시 멈추었다. 방해해서는 안 될 것 같은 순간이었다. 그런데 습관처럼 손끝을 신경질적으로 떠는 것이 보였다. 몸에 밴 피곤함과 버거움, 짜증. 그 모습에 나는 다시금 안타까움을 느껴야 했다.

그날 오후에 아내가 다니는 교회의 영어 프로그램 모임에 참석했다. 머리 하얀 할머니부터 중고등부 학생들까지 다양한 연령의 사람들이 모여 있었다. 교회에 다니지는 않았지만 프로그램이 어떤지 참관하러 들른 것이었는데, 조금은 낯설면서도 편안한 기분이 들었다. 속마음이 어떤지는 알 수 없었지만, 자연스럽고 밝은 표정들로 가득했다.

그런데 밝고 화기애애한 그 공간 안에서 나는 갑자기 이질감을 느끼기 시작했다. 그것은 내가 교회에 다니지 않는 사람이라서 느끼는 감정이 아니었다. 갑자기 퇴근 직전 진료실에서 본 부부의 모습이 떠오르더니 이내 내 마음을 가득 채우는 것이다. 원치 않는 짜증이 삶에 밸 수밖에 없는 사람들과 짜증을 내지 않고 밝은 삶을 살 수 있는 사람들 사이의 차이가, 순간 엄청난 질량으로 나를 짓눌렀다. 같은 시간, 같은 세상에서 살아가는 사람들이 어째서 이런 커다란 차이를 안고 있는 것일까.

사회제도는 궁극적으로 인간을 향해 있어야 한다. 경쟁에서 낙오될 수밖에 없는 사람들을 위해 사회안전망을 갖춰야 하고, 최소한 국민들이 삶을 영위하는 데 있어 사회적 자존감은 잃지 않게 해야 한다. 그것은 소득의 재분배를 통해 이룰 수 있고 우리는 이를 복지라 부른다. 그런데 나는 사회적 자존감을 잃거나 자존 자체를 포기해 버린 사람들을 자주 만났다. 저소득층과 의료 취약 계층이 많이 오는 병원에서 주로 근무했기 때문인지도 모르겠다. 그들은 적지 않은 수로 존재했고, 그들을 보호해 줄 사회안전망이 충분치 않다는 사실을 몸소 보여 주고 있었다.

대한민국의 경제력은 세계 10위 수준이다. 그러나 OECD 가입국 중 복지 수준은 뒤에서 두세 번째에 머무르고 있다. 진정 이 나라가 국민의 사회적 자존감을 지켜 줄 수 있을까. 작은 도움을 받는 대가로 자존심에 상처를 입고 사회적 소외에 괴로워하는 이들이 있다. 국가가 얼마 되지 않는 도움을 주면서 국민을 비굴하게 만드는 것이다. 그들의 일상에 괴로움, 분노와 짜증이 스며들 때 다른 어떤 이들은 넘치는 그릇에 더 많은 것을 쌓고 있다. 그리고 우리 사회에서 그러한 모습이 점점 당연하게 받아들여지고 있다.

치료하고 처방하는 나의 행위는 그들에게 '도움'이 아닌 어쩔 수 없이 생기는 지출에 대한 '부담'이었다. 나 또한 비루해지고 말았다. 보람은 손가락 사이로 흘러내리는 모래

한 줌같이 흔적 없이 사라졌고, 나는 보잘것없는 처방전 한 장을 들고 서로를 버겁게 부축하며 돌아가는 그들의 뒷모습을 지켜볼 수밖에 없었다.

　보호받지 못하고 자존감을 잃은 사람들, 분노와 짜증이 일상이 되어 버린 사람들이 점점 줄어드는 세상을 상상한다. 이 사회에서 의사라는 나의 역할이 그들에게 온전한 도움으로 다가갈 수 있길 바란다. 한 개인의 선심으로 가능한 일이 아니다. 구조와 제도에 대한 고민이 필요한 시점이다. 합리적 복지정책으로 좋은 제도를 만들어 믿을 수 있는 사회를 만드는 것은 사실 우리 사회의 구성원으로서 당연히 해야 하는 일이다. 우리는 그동안 마음 아파하고 안타까워하면서도 당연히 해야 할 일을 외면하고 있었는지도 모른다. 서로를 부축하며 병원 밖을 나가던 그 두 사람의 발걸음이 좀 더 가벼웠어야 함은 당연한 일이고, 그 뒷모습을 바라보는 나의 마음이 가벼웠어야 함도 당연한 일이다. 그런데 우리는 그 '당연'을 아직 만나고 있지 못하다.

신뢰와 책임

믿음, 신뢰를 얻는 일은 책임을 지는 일이다. 진료실에서는 더욱 그렇다. 나의 판단이 환자의 삶에 크고 작은 영향을 미치기에 진료실에서는 말 한마디 한마디가 무겁기 그지없다.

그는 나를 신뢰하지 않았다. 언제나 서글서글한 미소를 짓던 그는 적당히 술을 즐기는 예순을 넘긴 동네 할아버지였다. 그에겐 당뇨가 있었다. 그래서 다른 병원에서 당뇨 약을 처방받다 가깝다는 이유로 우리 병원을 찾아온 것이 나와의 첫 만남이었다. 평범한 인상에 말이 약간 어눌

한 그는 자신이 복용하던 당뇨 약을 그대로 처방받기를
원했다. 처음에는 그렇게 처방해 드렸다. 그런데 이상하게
항상 혈당 수치가 계속 높게 나왔다. 그래서 구체적으로
물어보니 과음 수준은 아니더라도 거의 매일 술을 마시고
있었다. 게다가 집에서 혈당 측정을 하지 않았고 그저 처방
받은 약만 습관처럼 매일 복용하고 있을 뿐이었다. 당뇨
를 진단받고 약을 복용하는데도 혈당이 잘 조절되지 않
는 환자들에게서 보통 볼 수 있는 양상이었다. 당화혈색
소를 포함한 전반적 혈액검사를 권유했다. 그는 내키지 않
는 듯한 표정으로 한참을 머뭇거리더니 "뭐, 그럽시다."라
며 동의했다.

검사 결과는 예상대로였다. 당화혈색소 수치는 8퍼센트
이상으로 상승해 있었고 추가로 고지혈증이 발견되었다.
그간 관리가 되지 않고 있었음을 꼬집으면서 당뇨 약을
추가하고 고지혈증 약도 복용해야 함을 설명했다. 그랬더
니 서글서글한 미소를 띠고 있던 그의 얼굴이 순간 일그러
졌다.

"고지혈증 약을 추가한다고요? 이제껏 고지혈증 있다
는 이야기는 못 들어 봤는데……."

"그간 혈당 관리도 잘 안 하셨고 검사도 제때 받으신 적

없잖아요. 이제서야 발견된 겁니다. 고지혈증 검사 수치가 약을 당장 복용하셔야 할 수준이에요."

그는 일그러진 표정을 애써 감추지도 않았다. 그가 머뭇거리는 사이 잠깐 정적이 흘렀다.

"뭐, 그렇다면 당뇨 약은 좀 올려 봅시다. 그, 그런데 고지혈증? 그건 안 먹을랍니다. 나 그런 거 없었어……."

없던 병이 자기 몸에 하나 더 생긴 셈이니 이해할 수 있는 부정이었다. 집에서 가깝다는 이유로 병원을 바꾼 것뿐인데, 고작 한두 번 본 의사가 잔소리를 하더니 약을 더 처방하려는 상황이 아닌가. 이런 의심도 이제는 익숙하다. 그러나 강요할 수 없는 일이라서 나는 원하는 대로 처방을 해 드렸다.

그로부터 두 달 정도가 지나갔다. 그는 여전히 술을 마셨지만 혈당은 꽤 안정을 찾았다.

"제 말 들으니까 혈당 좀 내려갔잖아요, 그렇죠?"

"그, 그러데요."

그는 마지못해 대답했다. 서글서글한 미소도 여전했다. 내친김에 나는 고지혈증 약을 추가해서 복용할 것을 권했다. 그는 그제야 마지못해하며 그러겠다고 대답했다. 그렇게 그와 나 사이의 '라포르Rapport'가 형성되기 시작했다.

이후로 그는 매달 내 진료실에 방문하여 여전한 모습, 여전한 표정으로 편안하게 대화를 나누고는 처방전을 받아 갔다. 다행히 당화혈색소 수치와 고지혈증 증세도 안정을 찾아 갔다.

그런데 언젠가 한번 그가 병원에 찾아왔을 때 내가 없던 적이 있다. 아마도 내가 휴가를 갔거나 다른 선생님이 진료하는 시간에 내원했던 것 같다. 그때 다른 선생님이 그에게 국가건강검진과 대장 내시경검사를 받을 것을 권유했다. 나와의 라포르는 병원과의 라포르이기도 하기에 그는 그러려니 하는 마음으로 검진을 받았을 것이다. 그런데 대장에서 암이 발견되었다.

최종 조직검사 결과를 확인하러 내원했을 때엔 내 진료실로 들어왔다. 검사 결과를 들은 그의 얼굴에서 서글서글한 미소는 사라지고 점차 불안이 드리우기 시작했다.

"나, 나는 그럼 어떻게 해야 하는 거요? 이거 고, 고칠 수 있는 겁니까?"

"일단 큰 병원 가셔서 정밀검사를 하셔야 해요. 그 뒤에 치료를 어떻게 할지 결정해야 하는데, 대부분 수술하고 항암 치료 하면 고칠 수 있습니다. 환자분, 정밀검사 전이지만 암 크기로 보아서는 아직 크게 퍼지지는 않은 거 같아요. 제가 대장암 수술하던 사람이라 어느 정도는 설명드 릴 수 있어요. 그러니까 저 믿으시고 일단 큰 병원 가셔서 검사부터 받으셔요. 제가 진료 의뢰서 써 드릴게요."

나는 그간 시행한 검사의 결과가 첨부된 진료 의뢰서를 그에게 전달했다. 그러곤 이 섬에서 가장 큰 병원에 가시라 말씀드렸다.

고칠 수 있다고 말은 했지만, 사실 내가 최종 검사 결과 를 받아 든 것도 아닌데 어떻게 장담할 수 있을까. 그러나 갑작스러운 암 선고로 불안에 흔들리는 눈동자를 외면할 수 없었다. 그저 병기가 높지 않기만을 바랄 뿐이었다.

그로부터 한 달이 조금 지나 그가 다시 진료실에 들어 왔다. 걱정스러운 마음에 그가 의자에 앉기도 전에 내가 먼저 물었다.

"결과는 어떻게 나왔어요?"

"뭐, 암이 간에까지 전이됐대요. 2주 후에 수술하기로 했어요. 그 전에 당뇨 약은 처방받던 병원에서 받아 오라 고 해서 왔어요."

착잡해졌다. 간 전이라면 4기인데, 그렇게까지 진행되었 을 것이라고는 생각하지 않았다. 앞으로 환자가 겪어야 할 치료들이 만만치 않아 보였다. 내가 해 줄 수 있는 것이라고는 격려뿐이었다.

"대장암은 간 전이가 있어도 치료에 잘 반응합니다. 암이 진행된 것은 사실이지만 치료할 수 있으니까 조금 힘들더라도 치료 잘 받으셔요. 아마 수술하고 나서 항암 치료 진행할 거예요. 당뇨 관리도 중요하니까 약 잘 드시고요. 다음번엔 수술 후에 뵙겠네요. 잘 받고 오셔요.".

"치, 치료가 그래요? 대학병원에서는 별말을 안 해주더라고······. 수술받고 나서 봅시다."

나는 환자의 팔에 손을 올리고 최대한 긍정적으로 설명해 주었다. 림프샘 전이도, 간 전이 상태도 확인할 수 없는 상황에서 내가 해 줄 수 있는 일이라고는 그저 앞으로의 과정을 설명하는 것뿐이었다. 그는 불안해하면서도 조금은 안도한 표정으로 진료실을 나갔다. 이제 나도 그가 수술을 잘 받고 항암 치료를 잘 견디기를 바랄 뿐이었다.

대장암이 어느 정도 진행되었을 땐 수술 후 항암 치료를 실시한다. 항암 치료에 반응도 잘 하는 편이다. 개인차가 있겠지만, 항암 치료에 사용하는 약물도 환자를 심각하게 괴롭히지 않는다. 4기 대장암의 5년 평균 생존율은 20퍼센트 정도 되는데, 전이가 간에 국한되고 전이 병변을 완벽하게 절제한다면 5년 생존율은 50퍼센트까지 증가한다. 4기 위암의 5년 평균 생존율이 10퍼센트 미만임을 고려하면, 대장암은 다른 암들에 비해 치료에 잘 반응을 한다고 볼 수 있다. 치료 부작용에 따른 괴로움도 상대적으로 적다. 물론 과거 전공의와 전임의 시절 경험을 바탕으로 하는 이야기이고, 내가 직접 겪어 보지 않은 일이니 단정할 수는 없다. 어쨌든 나는 그런 마음으로 환자가 앞으로의 치료를 잘 견디기를 바랐다.

두 달이 조금 더 지나고 나서 환자가 다시 내원했다. 느릿한 걸음걸이는 여전해 보였다.

"수술은 잘 받으셨어요? 몸은 좀 어떠셔요?"

"꽤, 괜찮아요. 수술 잘 받고 다음 주부터 항암 치료 들어가요."

"항암 치료도 잘 받으셔야 해요. 대장암은 치료에 잘 반응하니까 결과가 좋을 거예요."

"고, 고마워요. 그, 근데 간에 전이된 거, 그거 치료할 수 있는 거 맞아요?"

"네. 항암 치료 후에 크기가 작아지면 잘라 내거나 혈관에 약물을 넣어서 죽이거나 할 겁니다."

"그렇게 하는 거구나. 그, 그러면 얼마나 치료를 받아야 해요?"

대학병원에서 어지간히 설명 안 해 주는구나 싶었다. 설명을 잘 해 드려도 앞으로의 상황을 제대로 파악하기 힘든 연세이기도 했다. 항암 치료는 진행하면서 중간중간 호전 여부를 체크하는데 그것을 동네 의원의 의사가 아무런 자료도 없이 설명해 줄 수는 없었다.

"그건 치료하면서 중간중간 상태를 봐야 하는 일이라 제가 말씀드릴 수는 없어요. 그저 치료만 잘 받으시면 됩니다. 가장 아프고 힘든 일은 지나갔어요. 고생하셨어요."

그는 대학병원과 동네 의원을 번갈아 다녔다. 대학병원에서는 항암 치료를 받고 내가 있는 의원에서는 당뇨 약을 처방받았다. 내 앞에서 힘들어하지는 않았지만 확실히 기력이 떨어진 모습이었다. 모자를 눌러썼지만 귀 뒤로 보이는 머리카락은 이전에 비해 듬성듬성한 모습이었고, 그 머리카락 아래로는 검버섯 같은 반점들이 도드라져 있었다. 손끝이 살짝 저리다고도 했다. 걸음걸이에도 약간 불안정함이 느껴졌다. 방문할 때마다 측정하는 혈당 수치도 조금씩 상승했다. 안타까웠지만 항암 치료를 위해서는 어쩔 수 없이 겪어야 하는 고통이었다.

그는 올 때마다 나에게 물었다.

"나, 나 나을 수 있는 거지요?"

"그럼요, 잘하고 계십니다. 치료받느라 많이 힘드시죠? 조금만 더 견뎌 봅시다."

그는 내 말에 안도하고 진료실을 나갔다. 실제로 간에 전이된 병변이 작아지고 있었다. 가끔 백혈구 수치가 너무 낮아져 항암 치료를 조금 미루어야 했을 때 나는 그를 위로하고 안심시켰다.

그는 대학병원에서의 치료에 대한 불안을 안고 작은 동네 의원으로 건너와 얼마나 될지 알 수 없는 안도를 얻고 갔다. 그러나 나는 그에게 안도를 건넬 수 있는 객관적 자료가 전혀 없었다. 그가 자료를 들고 와서 나에게 보여 준 것이 아니고, 내가 대학병원에 연락해 환자 자료를 요구할 수도 없는 노릇이니 당연한 일이었다. 그럼에도 라포르는 두터워지고 신뢰는 점점 심리적인 의존으로 변해 갔다.

나의 마음속에서도 책임감이 서서히 자리를 잡고 싹을 틔웠다. 그가 느끼는 안도감 뒤에 나의 근거 없는 위로의 말이 있음을, 오래전부터 깨닫고 있었다. 나는 점점 알 수 없는 사람이 되어 가고 있었다. 환자의 치료 결과에 따라 나는 거짓말쟁이가 되거나 든든한 응원자가 되는 운명이었다. 객관적인 근거가 없이 응원의 말만 건네는, 결국 무책임한 의사임에는 틀림이 없었다.

언젠가부터 그는 내 진료실에 오지 않았다. 조금 불안해 보였지만 스스로 거동할 수 있었고, 지쳐 보였지만 항암 치료를 받지 못할 정도의 상태는 아니었다. 항암 치료의 반응이 좋아 2차 항암 치료와 간 전이 병변의 직접적인 치료까지 생각하고 있던 것으로 안다. 그러니까 2차 항암 치료가 진행되는 시점에 연락이 끊긴 것이다. 이유는 알수 없고 그의 상태도 알수 없었다. 전화로 물어볼까 싶었지만 소심한 탓에 그럴 용기를 내지 못했다.

남은 건 '그에게 나는 어떤 의사였을까?'라는 의문이었다. 내가 그에게 그런 긍정을 심어 주고 치료에 적극적으로 임하도록 다독인 것은 잘한 일이었을까? 그와 나 사이의 형성된 어떤 신뢰와 내 직업적 책임이 나를 조금씩 괴롭히기 시작했다. 그는 더 이상 찾아오지 않았지만 마음의 무거움은 여전했다. 단절 뒤에 남은 무거운 감정. 이미 오래전부터 종종 겪어 온 일이지만, 나는 아직도 이 감정에 제대로 적응하지 못하고 있다.

아서 프랭크가 쓴 『아픈 몸을 살다』(봄날의책)의 한국어판
책 표지 그림은 무척 인상적입니다. 아픔의 주인공인 환
자는 공터 한가운데에서 병마와 치열하게 싸우고 있습니
다. 공터의 아래쪽에서는 환자를 아는 듯한 사람들이 안
타까운 표정으로 두 손을 모으고 환자를 위해 기도하고
있지요. 반면 공터 위쪽의 흰 가운을 입은 의사들은 가운
주머니에 양손을 찔러 넣은 채 표정 없이 환자의 싸움을
지켜봅니다. 환자와 환자의 지인들 그리고 의료인들은 각
자의 거리를 유지합니다. 그림은 분명하게 말합니다. '아픔

과 고통은 오로지 환자 홀로 감당하는 것'이라고.

'버틴다'는 말을 좋아합니다. 우리는 각자의 삶을 살아가는 존재들이고, 저마다 고통과 책임을 짊어진 채 버티고 있지요. '관계'는 그렇게 버티며 살아가는 이들 간의 작은 도움이자 위로가 됩니다. 의사와 환자 사이에 맺어지는 관계도 그런 '관계'입니다. 그래서 저는 의사가 환자를 '치료'한다고 생각하지 않습니다. 환자가 스스로 회복하기까지 옆에서 도와주며 위로하는 존재가 의사인 것이지요.

종종 생각나는 환자가 있습니다. 오래전에 만난 30대의 젊은 남자였는데, 오토바이 사고로 입원한 환자였습니다. 갈비뼈가 골절되었고 그로 인해 간에 미세 파열이 발생했는데, 진단 후 며칠을 지켜본 결과 상태가 안정적이어서 중환자실에서 일반 병실로 옮겨 경과를 보았지요.

얘기해 보니 그는 퀵서비스 배달 기사였습니다. 근무 중에 발생한 사고이니 당연히 등록한 업체에서 치료비를 지원해 줄 것이라 생각했는데 그렇지 않더군요. 등록된 업체에서 일을 받기는 하지만 모든 책임은 스스로 감당하는 지입형태의 개인사업자였기 때문입니다. 치료비를 온전히 감당해야 한다는 말에 제가 의아한 표정을 지었더니 그는 도리어 저를 보며 웃었습니다. '당연한 일'이라고 말하면서요.

그도 버티고 있었습니다. 그런데 일하다 발생한 사고마저도 당사자에게 온전히 떠안기는 일은 온당할까요? 사고에 대한 모든 책임을 스스로 지는 모습이 정말 그의 말처럼 '당연한' 것일까요? 우리는 어떤 구조 안에서 발생하는 수많은 문제를 개인의 책임으로 떠넘기는 세상에서 살아가고 있습니다. 아픔을 각자 감당해야 한다고 해서 문제가 개인에게 국한되는 것은 아닐 텐데 말이지요. 복잡다단한 세상 속에서 이러한 아픔을 마주하는 의사로서 어떤 역할을 하면 좋을까요? 이것이 요즘 저의 고민입니다.

군의관 시절 어떤 책을 읽어야 할지 방황하고 있을 때 제게 두 권의 책을 건네주던 형님이 있었습니다. 지금은 담양의 한적한 동네에서 도예 카페를 하고 계신데, 그때 건네주신 책이 저에게 불쏘시개가 되어 주었습니다. 덕분에 김규항, 강유원 선생님을 만났고, 세상을 어떤 시선으로 바라보고 구조를 어떻게 이해해야 하는지, 어떻게 읽고 공부해야 하는지 많이 생각해 볼 수 있었습니다. 세 분을 만나지 못했더라면 저는 이렇게 글을 쓰지 못했을 것입니다.

고마운 분들이 많습니다. 삶에 든든한 기둥이 되어 준 사랑하는 가족들과 나의 친구들, 글이 되어 준 분들을 비롯해 제 삶을 풍성하게 만들어 준 모든 분께 감사를 전합니다. 거친 글을 깎고 다듬어 매끄럽고 정돈된 책으로 만들어 주신 홈영 출판사와, 마음이 답답해질 때마다 책 향기 가득한 곳에서 숨 쉬게 해 주고 넘치는 읽을거리들을 화수분처럼 아낌없이 내주었던 제주의 동네 책방, 북카페들에도 감사의 마음을 전합니다.

마지막으로, 책을 읽는 일이 점점 어려워지는 시절에 부족한 저의 글을 끝까지 읽어 주신 독자 여러분께 감사의 마음을 전합니다. 이 책이 독자 여러분의 마음과 시선을 조금이라도 움직였다면, 저는 더없이 행복할 것입니다.

바람 냄새가 밴 사람들

제주의 동네 의사가 들려주는 아픔 너머의 이야기

2023년 6월 27일 초판 1쇄 펴냄

지은이 전영웅

펴낸이 공재우
펴낸곳 도서출판 흠영 등록 2021년 9월 9일 제395-2021-000171호
주소 경기도 고양시 덕양구 동송로 33 이편한세상시티삼송 2층 32호 A223(동산동)
전화 010-3314-1755 전송 0303-3444-3438
전자우편 manju1755@naver.com 블로그 blog.naver.com/manju1755
인스타그램 instagram.com/heumyeong.press

편집 공재우 심은결
디자인 김선미
제작 영신사

ISBN 979-11-976400-2-5 03810